CONTENTS

劇場版 ラジエーションハウス

ノベライズ

私達が病院で診察を受ける時、目の前のお医者さんが全ての病気を診断し、治療してくれるものだとあなたは思っていませんか？

知っていましたか？　私達のよく知るあの診察室とは別の場所に、直接見ることのできない身体《からだ》の中を写し、その画像から病気の診断をするスペシャリスト達がいることを。

私達の「頭のてっぺんからつま先まで」を写し、全ての病気を診断し主治医に伝えること、それがこの場所で働く〝彼ら〟の仕事である。

普段、私達が目にすることのないその空間を例えばこう呼ぶとしよう——

「ラジエーションハウス」と。

集英社オレンジ文庫

劇場版

ラジエーションハウス

ノベライズ

久麻當郎
原作／横幕智裕　作画／モリタイシ
映画脚本／大北はるか

本書は、映画「劇場版 ラジエーションハウス」の脚本（大北はるか）に基づき、書き下ろされています。

第1章 72時間の壁

――ここに、一枚の壁がある。


人類は、壁を作っては壊し、その歴史を繰り返してきた。

例えば、ベルリンの壁。東西冷戦の時に人々を分断し、そして乗り越えられた壁である。

災害現場にも、ある壁が存在すると言われている。

『72時間の壁』。それは人々の生死を分けるタイムリミット――


夏の太陽が空高く輝いていた。

白く眩《まぶ》しい日差しの下、五十嵐《いがらし》唯織《いおり》はとぼとぼと並木道を歩いていた。

手にしているタブレット端末に青々とした葉の影が落ちる。

『73h：30m：25s』

画面には確実に減りゆく時間だけが表示されている。青い空もあふれる光も唯織の目には入らない。刻々とカウントダウンされる数字に釘《くぎ》付けだ。

目の前に甘春《あまかす》総合病院の白い建物が現れた。今日も放射線技師としての仕事が山ほど待ち受けているはずだ。が、今日一日を落ち着いて過ごせる気がまったくしない。

はぁ、と深くため息を吐いたその表情には、生気がなかった。

——あと少し……あと少しでお別れだなんて……。

唯織は信じたくなかった。子供の頃からの夢——放射線科医になった幼馴染《おさななじみ》のアンちゃんを、放射線技師として支える——がようやく叶ったというのに……。

唯織は崩れ落ちてしまいそうなほどへこんでいた。

——そしてまたここに、一枚の壁がある。

追いかけていたその背中は時に

越えられない壁となる——

「ワシントン、本当に行くんだな。寂しくなるな」

甘春総合病院の整形外科医、辻村駿太郎《つじむらしゅんたろう》は名残惜《なごりお》しそうに甘春杏《あん》に声をかけた。ちらりと見た杏のデスクの上にはワシントン行きの航空券がある。

読影室で本を片づけていた杏がその手を止めて辻村に視線をやった。その表情は明るい。

「……ピレス教授のもとで学べば、放射線科医として、もっと自分に自信が持てると思うので。それに……」

「五十嵐さんにも、追いつけるかも？」

辻村の意地悪な質問に、杏は笑った。アメリカ行きを決めた理由を辻村に見抜かれていたからだ。

放射線科医としての成長を遂げるため、杏は並ではない努力を重ねてきた。父親が作り上げたこの甘春総合病院を飛び出し、遠隔画像診断センターでひたすら画像診断を繰り返す業務に身を投じたこともあった。

――これほど頑張っても届かない。

五十嵐唯織は、たびたび杏を助けてきた。信頼できる存在だが、杏にとっては、自分より優れた診断を下す大きな壁でもあった。

唯織を超えるには、彼が通った道を歩む必要がある。

杏はアメリカで最も権威のある放射線科医、ピレス教授のもとで勉強する決意を固めたのだ。どうしても唯織に追いつき、超えたい。

辻村は杏の顔に焦りを見て取った。杏を愛《いと》しく思う辻村の贔屓目《ひいきめ》を差し置いても、杏はすでに十分有能な医師だ。

手前の部屋に置いてあった杏のスマホに着信が入って振動した。その音は、辻村の声にかき消された。

「ホント負けず嫌いだよなあ、甘春は」

「彼は放射線技師で、私は医師です。彼より経験も知識も劣《おと》るなんてありえませんから」

意地を張っている杏の言葉に辻村は微笑《ほほえ》んだ。そんな強がりも辻村にとっては魅力的に見えた。

「応援してるよ。もっと大きく成長して帰ってくる甘春を、楽しみに待ってる」

辻村の言葉は本心からだ。医師としての杏の大きな成長を望んでいる。そして、アメリカから帰ってきた杏とまた一緒に働きたい、共にいたいと切望していた。

杏の顔には決意があらわれていた。

再び、スマホの着信音が鳴った。やっとその音に気づいた杏は置きっ放しにしていたスマホを手に取った。杏の母、弘美《ひろみ》からラインのメッセージが届いている。その内容に思わず杏の口から声が漏れた。

「え……」

「どうした?」

杏はそれには答えず、不安げに目を泳がせた。

『お父さんが危篤《きとく》です。すぐに島に来てください』

来るべき時が来てしまった。

杏の父親、甘春正一《しょういち》は膵臓《すいぞう》がんを患《わずら》いながら、美澄島《みすみじま》という離島で医師を続けていた。がんはすでに末期になっており、遠くないうちにこの日が来ることはわかっていた。

「父が……」

杏の声がうるうるとゆらいだ。事情を知った辻村が急いで読影室を後にした。

医師としても娘としても覚悟をしていたはずの杏だったが、その現実を直視するのはつらかった。

白衣を脱いで荷物をまとめる。急がないと、島に渡る船を逃してしまう。

杏はあふれそうになる涙をぐっとこらえた。

その頃、ようやく甘春総合病院のロビーに着いた唯織は、まだひとりもの思いに沈んでいた。

想うのはもうすぐ旅立つ杏のことばかりだ。

大好きなアンちゃんが、遠くアメリカに行ってしまうなんて……やっと、毎日可愛《かわい》いその顔を見られるようになったというのに。

壁はここにも大きく高くそびえ立っていた。

今日何度目だろう深いため息をついた唯織に、売店に向かっていた同僚の威能圭《いのうけい》と悠木《ゆうき》倫《りん》が気づいた。

「あれ？　五十嵐？」

威能が訝《いぶか》しそうな顔で唯織に声をかけた。

「何してんだ？　お前、今日災害研修だろ」

「災害研修……？」

ぽかんとしていた唯織は、我に返って腕時計を見た。

悠木が言う通り、唯織が参加するはずの災害研修の開始時間はとうに過ぎていた。

「うそ⁉」

いきなり走り出した唯織を悠木は憐《あわ》れむような目で見送った。

「今からあんな調子じゃ……」

「この先が思いやられますね」

威能も悠木も、同じ放射線技師として唯織とともに数々の病を見つけ出してきた仲間だ。もちろん唯織の杏に対する感情はよく知っている。

唯織の様子が心配で仕方がない。そして、その愛情表現があまりにも不器用で、杏が唯織のことを悪く思ってないにもかかわらず、ろくな進展がないことに気を揉《も》んでいる。

唯織の頭からすっかり抜け落ちていた「災害支援診療放射線技師研修会」の会場では、全国の病院に勤務する放射線技師たちが講演を真剣に聴いていた。その中に甘春総合病院の診療放射線技師たちの顔が見える。

技師長の小野寺俊夫《おのでらとしお》に、黒羽《くろはね》たまきと広瀬裕乃《ひろせひろの》、皆唯織の同僚たちだ。

「みなさんは『72時間の壁』という言葉をご存じですね?」

遠くまでよく響く、自信に満ちあふれた声だ。

大きなスクリーンの下に立って講演をしているのは、放射線技師会会長の及川貴史《おいかわたかし》だ。年の頃は五十代、恰幅《かっぷく》のいい及川の姿は威厳に満ちていた。

スクリーンに、災害時における救助までの経過時間と生存率の関係を示す折れ線グラフが現れた。

日付別の生存率は、災害発生の翌日に半減し、72時間となる三日が経過すると十パーセントにも満たなくなっていた。

「災害発生後、72時間が経過すると、被災者の生存率が急激に低下すると言われています。まさに、災害時の医療は時間との戦い。我々放射線技師も、初期治療の支援など、医師を全力でサポートしていく必要があるのです」

小野寺が大あくびとともに本音を漏らした。

「相変わらず話長《な》げえなあ……」

めざとく気づいた及川が鋭く小野寺を睨《にら》んだ。

そして、小野寺の並びに座っている裕乃をわざと指さした。

「そこのあなた」

「わ、私⁉」

いきなり指名された裕乃は慌てた。

「トリアージについて、ご説明いただけますか？」

「ト、トリアージ？　えーっと、トリアージは確か……」

裕乃が必死に手元の災害マニュアルを覗《のぞ》き込むのを見て、

「そんなことも即答できないとは、指導者の顔が見てみたいですね」

と、軽蔑《けいべつ》するように及川が言い放った。裕乃の上司である小野寺は面目丸潰《まるつぶ》れだ。答えられなかった裕乃はがっくりと頭を垂れた。

「あの野郎……」

今度は、小野寺が及川を睨み返す。そのつぶやきをたまきは聞き逃さなかった。

「え、技師会会長と知り合いなの？」

「元同僚」

たまきは思わずヨレヨレの小野寺と技師会会長まで昇り詰めた及川を見比べた。

「うそ……ドンマイ」

「何がだよ」

気の毒がられた小野寺が不満げな声で返した。だらしなく椅子《いす》に沈んだ様子は及川と対照的だ。

甘春総合病院の放射線技師メンバーは、いつものようにやり合いながら「これより実習に移ります」と言う及川の声とともに立ち上がった。

「五十嵐さん、遅いな……」

裕乃だけは不安げな顔で空いたままの隣の席に目をやった。

技師たちが実習の準備を進める中、及川は再び元同僚への攻撃を開始した。

小野寺とたまきを面倒な患者役に指名したのだ。

二人は仕方なく首に『患者』と書かれた札をかけ、用意されていたストレッチャーに寝転んだ。たまきの長い黒髪が広がる。

「なんで俺が」

「なんで私まで……」

小野寺のせいで完全に巻き込まれているたまきが嘆いた。

小野寺とたまきの不満の声などまるで無視して、及川は高らかに説明を始めた。

「トリアージとは、患者の重症度に応じて治療の優先順位を決定することです。優先度の高い患者から、赤、黄、緑、黒と分類していきます」

技師たちが手にしているトリアージタグは、生々しい色で救助の優先順位が一目でわかるようになっていた。

治療優先順位一位の赤『緊急』はバイタルが不安定・重症、二位の黄『準緊急』はバイタル安定・待機可能、三位の緑『非緊急』は自力で動ける軽傷者、最後の黒『適応治療なし』は息をしていない・助けられないカテゴリーになる。

「こちらに二人の患者がいます」

横たわる患者役の二人の間を歩きながら、及川が小野寺たちを一人ずつ指さした。

「こちらの男性は、意識障害、心肺停止。こちらの女性は意識清明《せいめい》、歩行不能、さて、どちらの患者を優先的に治療しますか？　はい、そこのあなた」

「また私⁉」

ビシッと指さされた裕乃は動揺した。及川は執拗《しつよう》に甘春総合病院の技師を追い詰める。その執念深さに、小野寺のチームは震えた。慌てた裕乃はなんとか答えようと懸命に考えた。

「えーっと、それは……重症度でいったら技師長？　あ、でも老い先短いかもしれないし……」

老い先短いらしい小野寺があきれ顔で裕乃を見上げた。

「たまきさん？　あ～でもやっぱり技師長も見捨てられない……」

迷走する裕乃に、他の技師たちが「重症の男に決まってるだろ」とざわざわしている。

「たまきさんは生命力が強そうだし……」

裕乃はほとんどパニックだ。大事な同僚を前に完全に思考が絡まってしまっている。

「ダメです！　わかりません！」

ついに出た裕乃のあやふやな答えに、及川の表情が厳しくなった。

「あなたはそれでも医療従事者ですか？　一体甘春病院ではどんな指導を行っているんでしょうね」

及川の嫌味を受けてうんざりした顔の小野寺に、たまきが「ドンマ〜イ」と声をかけた。

裕乃が落ち込んでいると、

「これは、とても難しい問題ですね」

と、何者かが発言した。

「やっとおでましか」

小野寺がつぶやく。裕乃が振り向くと、いつのまにか会場に滑り込んだ五十嵐唯織がすぐ隣でじっと考え込んでいた。

「五十嵐さん⁉」

唯織は前髪で隠れそうな目、いつもどこか遠くを見ているような瞳で、この例題の核心を透視している。高名な写真家に『病の写真家』と言わしめた観察眼と洞察力を持っている。そんな唯織にも及川は容赦《ようしゃ》ない言葉を浴びせかけた。

「君も甘春の人間か？　まったく、甘春の奴らときたら」

鼻で笑って馬鹿《ばか》にしたあと、さらに声を張り上げて「こちらの男性は黒タグ。つまり『救命不可能』」と宣言した。小野寺の顔の上に、大きな黒い札が載せられた。

「こちらの女性は赤タグ。よって先に助けるのは、こちらの女性——」

「お二人が負傷した場所はどちらでしょうか？」

唯織が及川の話を途中で遮《さえぎ》って質問した。

「え？」

「この場所でしょうか？　それとも山奥？　海の上？」

予期しなかった質問に及川が言い淀《よど》んでいるところに、さらに唯織がたたみかける。

「それは……」

「季節は夏ですか？　冬ですか？」

「えーっと……」

その場にいた放射線技師たちがざわめいた。

「気温は？　何度でしょうか？　もし雪山で気温が低ければ、小野寺技師長にも救助の可能性があるかもしれません。あらゆる条件を考慮しない限り答えはわからない、とても難しい問題ですね」

先ほどまでの流れが一変して、技師たちが唯織の言葉にいちいち頷《うなず》いている。

災害時の周辺環境は大きく患者の生死を分ける。いつか降りかかるかもしれない大災害の現場で、心を引き裂かれるような決断をしなくてはならない技師たちは、唯織の指摘にリアリティを感じた。

皆の注目を集めていることに、唯織はまったく気がついていない。いつものことだが、一度考え出したらその場の空気を読むことなど、唯織には不可能だ。ひたすらこのトリアージの例題が抱える問題について、意識を集中させて深く分け入っている。

唯織の疑問に答えられないでいる及川のうろたえた様子を眺めていた小野寺は、すっかり溜飲《りゅういん》が下がった。裕乃は唯織を尊敬の目で見ている。と、やり込められて苛立《いらだ》った及川が反撃に出た。

「君は遅れて来ておいて、何なんだ……。研修の受付時間はとうに過ぎています！　部外者はお引き取りください！」

及川の言葉を合図に、従順な研修スタッフたちが唯織を取り囲んだ。

「ちょっと！」

抗議する暇も与えられず、あっという間に唯織は会場の外に追い出されてしまった。

「五十嵐さん⁉」

驚いている裕乃をよそに、たまきと小野寺はニヤニヤしながら唯織の姿を見送った。

「たった一分で退場になるなんて」

期待以上のハプニングに、たまきは満足そうに笑った。

「さすがだなあ」

上司である小野寺はよくやったと、誇らしげだ。

唯織の目の前で扉がバタンと音を立てて閉まった。

「ちょっと！　え、なんで⁉」

ただひとり、まるで状況がわかっていない唯織だけが扉の前でぽつんと取り残された。

唯織が締め出された頃、甘春総合病院のロビーでは会計を待つ外来患者や病院スタッフたちが、据《す》え付けられたテレビを気にしていた。

ニュースでは、気象予報士が真剣な調子で天気予報を伝えている。

『台風8号が、明日にも本土に上陸するとみられます。外出の際は十分にお気をつけください』

映し出された天気図は、台風の等圧線が渦巻く円となって近づいてきている様子を示していた。ロビーにいた悠木と威能も同じようにテレビを見た。

「台風か……。そういえば明日でしたよね。鏑木《かぶらぎ》先生のライブ配信」

悠木が気にしているのは、甘春総合病院の副院長で放射線科医の鏑木安富《やすとみ》医師が予定しているライブ配信への影響だ。

一階の総合案内カウンターには、鏑木のライブ配信のためのモニターがわざわざ設置されていて、その脇にはチラシが山と積まれている。

『甘春総合病院放射線科医　鏑木安富　ＩＶＲの現場を全国へライブ配信！』

『日本中の放射線科医の技術向上に貢献』

威能がぽつりと言った。

「宣伝に余念がありませんね」

うん、と悠木が頷く。

派手な謳《うた》い文句が並ぶチラシの中の鏑木医師は、最高に良く見える角度で写真に収まっていた。並々ならぬ気合が見て取れる。

このライブ配信は、鏑木が得意とするＩＶＲという治療行為を公開するものだ。ＩＶＲとは、ＣＴなどの画像診断装置をリアルタイムで駆使《くし》しながら、大きく切開することなく体内の治療を行う画像下治療のことである。ＩＶＲの経験が豊富な鏑木は、この配信を機に自分の技術を日本中の放射線科医たちに見せつける目論見《もくろみ》なのだ。

公開ＩＶＲが行われる場所は、ハイブリッド手術室だ。外科手術室に血管撮影装置を配備し、画像下でカテーテル治療などを行う最先端の設備だ。台風のニュースが届かないその舞台装置の中で、今まさに鏑木が入念にライブ配信の下準備をしていた。

三方向に設置されたカメラがＩＶＲの様子をくまなく映し出しているかどうか、自《みずか》らの手技が鮮やかに見えるかどうか、鏑木は真剣にシミュレーションしていた。それに延々と付き合わされているのが、放射線技師の軒下《のきした》吾郎《ごろう》と田中福男《たなかふくお》だ。

「いいですか？　明日のライブ配信は、日本中の放射線科医が大勢視聴します。一つのミスも許されません。気を引き締めて取り組んでください」

鏑木の意気込みをかしこまって聞いていた軒下と田中は、笑顔で請け合った。

「もちろんでございます！」

「お任せください！」

歯が浮くような返答は、まるで鏑木の忠実な下僕《げぼく》であるかのようだ。太縁メガネコンビの二人は、背格好も似通っていて本当に鏑木の揃《そろ》いの従者のようになってしまっている。

よろしい、と頷いた鏑木は治療を行っている自分がどうカメラに映るのか、またもや細かくチェックし始めた。そんな鏑木の必死な様子に、軒下がメガネを押し上げながらこそっとぼやいた。

「とか言って、自分の腕をアピールしたいだけだよな」

「あの顔に泥でも塗ったら、この病院から永久追放かもしれませんよ……」

明日は何があろうともライブ配信を成功させなければならない。嫌気がさしている軒下と違って、田中は気合の入った鏑木の迫力に押されて戦々恐々《せんせんきようきよう》としている。

そんな下僕たちの本心に気づかない鏑木は、ひとり武者震《むしや》いしていた。

「今こそ証明してやる。日本一の放射線科医、鏑木安富、ここにアリと！」

鏑木は力強く自分に言い聞かせた。

父と母の待つ美澄島へ渡る準備を整えた杏が急いで病院を出ようとしたところ、ロビーで「甘春先生」と声をかけられた。循環器の医師で前院長の大森渚《おおもりなぎさ》が、杏の父親のことを耳にして慌てて追ってきたのだ。

「大森先生……」

「聞いたわ、正一先生のこと。大丈夫？」

常に柔らかい雰囲気の大森が、ことさら優しく気遣った。

「ご心配おかけしてすみません。覚悟はしていたので……」

杏は不安や悲しみをのみ込んで大森に謝った。

「それよりこんなタイミングでここを空けることになってしまい、申し訳ありません……」

「何言ってるの。こっちのことは気にしないで。気をつけていってらっしゃい」

大森は、温かく杏を送り出した。

「はい、ありがとうございます」

やっとの思いでそう答えた杏の表情はこわばっていた。

ちょうど時を同じくして、災害研修で散々な目に遭ったラジエーションハウスの面々が甘春総合病院への道を戻ってきた。裕乃の頭の中は研修の目的、72時間以内にできる限り多くの人命を救う、ということで占められていた。歩きながら災害時の医療マニュアルを読み返している。

「72時間……。たったこれだけの時間で、技師に何ができるんですかね……」

放射線技師はあくまで検査をする役割を担《にな》う。患者を治療するのは医師だ。常日頃、医師と放射線技師の立場の違いを叩き込まれていた裕乃には、自分がどうやったら命を救うのに役立てるのか想像がつかなかった。

「72時間……」

裕乃の言葉に呼応するように唯織がつぶやいた。しかし、唯織は裕乃とまったく別のことを考えていた。手にしているタブレットに目をやる。それはまだ時限爆弾のようにカウントダウンを続けていた。

唯織たちの目の前で、病院のエントランスの扉が開いた。

飛び出してきた杏の姿が唯織の目に入った。杏の柔らかい髪が、風圧にふわっと踊った。

「アンちゃん！」

杏の姿を見られた嬉《うれ》しさのあまり、心の叫びが思いきり口を衝《つ》いて出た。

ああ、やっぱりすごく可愛い、と唯織の心が躍《おど》った。

――きれいな水色の服、夏の空って感じですてきです！

外では「甘春先生」。いくらそう自分に言い聞かせても、つい二十年以上前のあの幸せな時間、八歳の時の杏の呼び名「アンちゃん」が出てきてしまう。

技師たちの中で、たまきがいち早く杏に声をかけた。

「どこか出掛けるの？」

「実は……」

杏が言い淀《よど》んでいると、一台の大きなバイクが低い排気音を立ててエントランス前に滑り込んだ。バイクに乗っているのは、医師の辻村だ。慌てて出てきたらしく、ラフに袖《そで》をまくりあげたワイシャツが目に眩しい。あまりに颯爽《さっそう》とした登場に、たまきはクラクラした。様になる、とはこのことだ。

「甘春、お待たせ！　急ごう」

「はい！」

ヘルメットを受け取ると、当たり前のように杏はバイクの後ろに乗り、迷わず辻村の腰に手を回した。驚きのあまり機能停止した唯織を残し、バイクは二人を乗せて病院の敷地をあっという間に走り去った。

一体どういうことだろう、何が起こっている？

驚いているのは唯織だけではない。小野寺もまさかのシチュエーションに首を傾《かし》げた。

「なんだ？」

「最後のお泊まり旅行だったりして～」

たまきの冗談は直球となって唯織のハートをバラバラに打ち砕いた。

「そんな……！」

唯織の焦りように、裕乃の表情も曇《くも》った。

片想いする二人の心をかき乱していることなどたまきは気にもせず、着信があったスマホを手にした。知り合いの高橋圭介《たかはしけいすけ》からだ。

「もしもし？　あ、圭介？　もう着く？」

「ごめん、たまきさん！　渋滞ハマっちゃって……あと十五分ぐらいかかるかも」

たまきはそんな圭介の言葉に隠れた嘘《うそ》を見逃さなかった。

「素直に寝坊したって言えば？」

「やっぱたまきさんの目は誤魔化せないっすね！　この調子で、妻のお腹《なか》の子もバッチリ検査してやってください！」

「言われなくてもわかってる。安全運転でね」

たまきが電話を切ると、裕乃が尋ねた。

「誰と話してたんですか？」

「地元の後輩。奥さんが妊娠九カ月で、定期検診受けたら羊水《ようすい》の量が多かったらしくて、念のためうちで精密検査受けるって。あ、技師長、彼女の検査、私に担当させて」

姉御肌のたまきは旧知の仲である圭介のことをよく目にかけていた。

「はいよ」

小野寺が軽く請け合う。

エレベーターに乗り込もうとすると、昼食を手にした威能と悠木がやってきた。

「あ、田中さん、軒下さん、お疲れ様です！」

続いて合流した、鏑木の下僕二人に裕乃が元気に声をかけた。疲れ果てた田中福男がかすれ気味な声で返す。

「お疲れ様です……」

田中はぐったり、軒下もまったく元気がない。魂《たましい》の抜け殻《がら》のような二人の様子を見て、悠木が気の毒そうに尋ねた。

「なんか、五歳ぐらい老けました？」

二人が鏑木医師のライブ配信担当なのは承知の上だし、その仕事が損な役回りなのもよくわかっていたが、午前中だけでここまで消耗しているとは。

「もう無理……」

弱音を吐いた軒下は、裕乃にむちゃ振りをした。

「広瀬！　明日の鏑木先生のライブ配信、代わってくれよ！」

「嫌ですよ！　絶対」

田中も必死になって唯織を頼った。杏のこと以外ならプレッシャーに強い唯織だ。

「五十嵐さん、代わってください！」

田中の悲痛な叫びが虚《むな》しく響いた。唯織はじっとタブレットに見入っているだけで、田中の声が耳に届いているかさえわからない。唯織だけ、遠い星にいるようだ。

研修からの帰り道、そんな唯織の様子がずっと気になっていた小野寺はついに唯織に声をかけた。

「さっきから何見てんだ？」

小野寺がちらりとタブレットを盗み見た。唯織がガバッと青ざめた顔を上げた。

「僕にはもう、時間がありません……。残された時間で一体何ができるんでしょうか？」

唯織の様子がおかしい。小野寺に嫌な予感が走った。これまで多くの患者を見てきた小野寺だ。

「お前まさか……」

小野寺だけでなく、たまきも唯織を心配し始めた。

「え？　どっか身体《からだ》の具合でも悪いわけ？」

病はどんな人間にも突然訪れる。進行具合も、早い時はみるみるうちに体を蝕《むしば》むものだ。

裕乃は不安に襲われた。悠木や威能まで深刻な顔で唯織を見守っている。

唯織が素早く動いたと思うと、タブレットのカウントダウンを全員に見せつけた。

そこには七十一時間と数十分の時間が表示されている。

全員が息をのんだ時、切羽詰まった表情の唯織が叫んだ。

「甘春先生とのお別れまで、残り『72時間』を切ってしまいました……！」

「――」

静寂《せいじゃく》にガシャリとエレベーターの振動音が響き、扉が開いた。

誰も何も言わない。無表情にエレベーターに乗ると、すっとエレベーターの『閉』ボタンを押した。ラジエーションハウスのチームの呼吸はぴったりだ。扉が音を立てて閉まり同僚たちの姿を隠した。

「え？」

唯織はエレベーターの前にぽつんと取り残された。


ひとり遅れて唯織がラジエーションハウスに戻ってくると、待ち構えていた軒下がいきなり問い詰めた。

「お前はよ、このままでいいのか？」

「ん？」

子犬のような純粋な瞳で唯織が軒下を見返した。

こいつ、何もわかっていないな……そんな唯織に業を煮やして、軒下は、唯織の行く手をふさぐようにまとわりついた。うざったいほど大袈裟《おおげさ》な身振り手振りで煽《あお》る。

首を突っ込んでも何の得もない他人の恋路だが、こんなにイライラする展開もそうそうない。

「甘春先生がワシントンに行っちまったら、ジ・エンド。向こうには、あの辻村先生ですら勝てないほどのルックスと財力を持ち合わせたイケメンがゴロゴロいるんだぞ！」

軒下のたたみかけは勢いがあり、まるで我が事のような熱さがある。その熱気に唯織は戸惑った。

それに、言われてみればそうだ。

アンちゃんが他の男と付き合うなんて、ほんのちょっと想像しただけでも耐えられそうにない。診断を下す時の冷静さはどこかに消え去った。先は真っ暗で何も見えない。脳みそが沸騰しそうになっていると、小野寺が追い討ちをかけた。

「距離という壁ほど、愛を冷ますものはねえしな」

「さすが。妻子と別居してる人間は言うことが深いわね」

興味ない風だったたまきがこの話題に乗った。

たまきの嫌味に、小野寺は不機嫌そうに「あ？」と返事をした。

同僚たちに詰められている唯織を裕乃が心配そうに見守っていると、

「お前はどうなんだよ？」

と、悠木に声をかけられた。いきなり話を振られて、今度は裕乃がきょとんとした。

「『同僚』という壁を、ちっとも越えようとしていないように見えますね」

それまで知らんぷりしていた威能が参戦した。的確に裕乃の恋心を刺激する。

唯織と杏の恋愛模様と同じ程度には、裕乃の控えめな恋心を皆歯がゆく思っていた。裕乃は唯織の放射線技師としての能力、さらには医師免許を持ち、並の医師よりも的確な診断を下す優秀さに尊敬の念を抱いていた。その思いは、いつしか淡い恋心となっていた。

そんなやりとりをおとなしく聞いていた田中が、

「何だか壁だらけですね」

と言い残して技師控え室の方へ歩き出すと、小野寺たちも一斉に動いた。後には唯織と裕乃だけが突っ立っている。

何を怒られているのか、皆がなぜ神経質になっているのか。仕事以外のことには悲しいほど鈍感な唯織には全然わからない。

こんなにアンちゃんのことを想っているのに、どこがだめなんだろう。どうしたら正解なんだろう。

途方に暮れている唯織の横顔を裕乃はそっと見上げた。切れ長のきれいな目だ。でも唯織の目に、裕乃の姿は映っていない。

——そこに私の居場所はない。わかってる。

わかっているけど心はキュッと締め付けられる。

いたたまれなくなった裕乃は唯織のことを気にしながらラジエーションハウスを出た。

仕事に集中しなくては、と、なんとか頭を切り替えた裕乃は患者の待合廊下へ向かった。

「鳴海《なるみ》海斗《かいと》くん……か。主治医は大森渚先生と」

名前を確認した裕乃はすぐその子を見つけた。海斗は、検査を待っている人たちの中で、おもちゃのナイフを振り回して元気に遊んでいる。

裕乃は笑って、海斗に声をかけた。

「海斗くん、危ないからお姉さんが預かってるね」

裕乃の呼びかけに、海斗はナイフを突きつけて答えた。

「やだ！」

「海斗くん！」

ダッシュで海斗は逃げた。廊下を走り回る海斗の世話に手を焼いている裕乃を、小野寺と主治医の大森渚が見守っている。

「鳴海海斗くん、六歳。軽度のチアノーゼがあって、地元のクリニックで心エコーをした結果、先天性心疾患《しんしっかん》は認めなかったの。それでうちで精査することになったわ」

「そうですか。彼のご両親はどちらに？」

「母子家庭で、お母さんは先ほど仕事に向かわれたわ。海斗くんは寂しいでしょうね……」

海斗が暴れているのには理由がある。そんな話を通りかかった唯織が耳にした時、裕乃はいい方法を思いついた。

「怪獣ヒロノギアス、地球を征服にやってきたぜ！　がっはっは」

裕乃は豹変《ひょうへん》して、低い声色《こわいろ》で芝居を打った。新種の怪獣として海斗の前に立ちはだかっのたのだ。唯織も、小野寺と渚もヒロノギアスの登場に目を留めた。なかなかの迫力だ。のせられた海斗は喜んで自慢のナイフを怪獣ヒロノギアスにぶっ刺した。

「ぐあああああっ！」

怪獣ヒロノギアスはおもちゃのナイフの一突きで断末魔の叫び声をあげ、あっけなく倒れてしまった。海斗はご機嫌になって大笑いした。その場に居合わせた一同から裕乃の熱演に自然と拍手が起きた。

このタイミングを逃さず、唯織が海斗を車椅子に誘った。

「海斗くん！　今のうちに宇宙船に乗って逃げるんだ！」

「うん！」

海斗はナイフを放り投げると、唯織に誘導されるままCT検査室へと運ばれていった。

その見事な連携プレイに渚がうなった。

「慣れたものね。怪獣ヒロノギアス」

「あいつに足りないのは、いつだって自信だけですよ」

小野寺は周りからの拍手に照れている裕乃を温かく見守った。裕乃は検査室に向かおうとしたが、思い直して海斗が落としたナイフを拾いに戻った。カーテンコールとばかり、検査持ちの患者たちが大きく拍手した。

CT検査室では、海斗が率先して検査台に寝そべっている。何しろこれは宇宙船だ。裕乃の機転のおかげで絶好調。ＣＴスキャンのマシンは無機質な白さと無駄のないフォルムが近未来的で、宇宙船ごっこにぴったりだ。検査台が動いて海斗の体をＣＴスキャンの中へと運んでいく。

「発射用意！」

検査台の海斗に寄り添った唯織が本物らしく掛け声をかけた。

「わ────────！」

唯織の指令はまるで本物の宇宙船に乗ったかのようで、海斗はわくわくした。そんな様子に唯織も自然と笑みがこぼれる。

検査機器を動かす操作盤やモニターが集まっているコンソールの前に移動した裕乃は、マイクを通して海斗に指令を出す。

「発射五秒前、四、三、二、一……発射！」

スイッチを押すと、マシンが作動して海斗の体内をスキャンしていく。

あれだけ暴れ、はしゃいでいた海斗はマシンの中ですっかりおとなしく横になっていた。

なんとか検査をやり遂げたことで、裕乃は胸をなでおろした。

たまきの後輩、高橋圭介は甘春総合病院へとゆっくり車を走らせていた。

「あー早く雨降らないかなあ」

後部座席で、妻の夏希《なつき》が窓外の空を仰いだ。

その両手は大事そうに大きなお腹を抱いている。

「嫌だよ、雨なんて。湿気で髪の毛、チリチリになるしさ！」

圭介が反射的に答えたのに対して、夏希は懐かしい思い出に浸りながらわけを伝えた。

「ねえ、知ってた？　私たちが出会った日も、圭介にプロポーズされた日も、この子の妊娠がわかった日も、いいことあった日は、全部雨の日なんだよ？」

「え、そうだっけ？」

圭介は共に過去の嬉しい日を思い起こしてみた。そこにはかすかに雨の匂いがあった。

「そうだよ。だからこの子も……絶対雨の日に生まれてくるの」

夏希には確信があった。次に雨が降ったらこの子に会える。夏希の胸は希望に満たされていた。

もうすぐだ。

待ちに待った赤ちゃんの顔を見られる。夏希には出産の不安など吹き飛ぶほど楽しみな瞬間だ。最高に幸せだろうな、と夏希はその時を想像して微笑んだ。

「早く会いたいな～。雨、降らないかなあ」

お腹を愛おしそうにさすっている夏希の様子に、圭介は言いようのない幸福感に満たされた。目に映るものが全て輝いて、自分と夏希と新しくやってくる家族を祝福しているように思えた。安全運転を心がけて緊張していた肩もふっとゆるんだ。

向かいの車線に、挙動のおかしい車が現れた。

センターラインに寄ったかと思いきや、路肩に停《と》めるのかというくらいに幅寄せしている。その対向車が圭介の視界にチラリと入った瞬間――

ハンドルを切る間もなく、圭介の車は対向車線から突っこんできた車と衝突した。体が浮くほどの衝撃に、エアバッグが開いた。シートベルトが体に食い込んだ。

激しい破壊音とともにボンネットが無残にひしゃげた。圭介の車はウインドウの破片を飛び散らせて宙を舞い、裏返しの状態でアスファルトに激突した。

圭介と夏希は気を失って車の中に取り残された――

ＣＴ検査室前のコンソールでは、先ほど撮影した海斗のＣＴ画像を技師と主治医の渚が確認していた。

裕乃が撮影した海斗の心臓はくっきりとその断面をとらえていた。

「よく撮れてます」

唯織がそのCT画像を褒めた。その言葉は裕乃の心をどれだけ嬉しくさせたことだろう。やっと安心した裕乃が周りを見回した。

「あれ？　甘春先生は？」

「まだ戻ってないみたいだな」

小野寺はあまり関心なさそうに返答したが、たまきは意味深につぶやいた。

「本当に辻村先生とお泊まり旅行だったりして」

その一言は唯織をうろたえさせるのに十分だった。視線が宙をさまよい、さっきまでの集中力が失せているのは傍目《はため》にも明らかだ。そんな唯織を見兼ねて、「私が見るわ」と渚が唯織の代わりに画像をチェックした。

「肺の末梢《まつしょう》で血管が拡張している部分がある。チアノーゼと合わせて考えると肺動静脈瘻《はいどうじょうみゃくろう》の可能性があるわ。やはりカテーテル治療が必要ね」

「そうですか……」

検査がしっかりできたのはよかったが、その結果判明した海斗の病状は決して軽くなかった。肺動静脈瘻は肺の血管に問題がある病気で、放置しておくと重い症状を引き起こしてしまうこともある。

あんなに元気そうな子なのに。裕乃の表情が曇った。

威能は事務的にカテーテル治療の手続きを進めて渚に伝えた。

「六日の午前なら予約取れますよ」

「ありがとう。サポートは……」

渚は少し考えて、裕乃の方を振り返った。

「広瀬さん、お願いできるかしら？」

「えっ、私⁉」

裕乃は大きな声をあげた。

「無理です、無理です！　小児のカテーテル治療なんてやったことありませんし、私じゃなくて、他の……」

と他の技師たちに助けを求めるが、威能や軒下たちは自分の作業に没頭して聞こえないふりをしている。まさかの反応に孤立無援の裕乃は茫然《ぼうぜん》となった。緊張と焦りでわなわなする裕乃の背中を押したのは、技師長の小野寺だ。

「誰にだって初めてはある。その壁を越えない限り、新しい道は切り拓《ひら》けねえぞ」

「また壁の話ですか……。でももし、失敗したら？」

モニターに集中していた軒下が小野寺に代わって答えた。

「患者は死に、お前は訴訟を起こされる」

裕乃はぞっとして小野寺にすがるような視線を送った。

「技師長！」

「ビビらせてどうするんですか」

悠木が無責任に煽った軒下をたしなめた。そんな騒ぎを鎮《しず》めたのが、唯織の一言だ。

「広瀬さんなら大丈夫です。僕もサポートに入りますから」

唯織の「大丈夫」の言葉が、裕乃にとっては何よりも頼りになった。

「……五十嵐さん」

これでなんとかなるだろう、と全員が感じた。

裕乃の成長は、チームの望むところだ。仲間としても、仕事の先輩としても、裕乃に自信をつけてもらいたいと皆が思っていた。それに、小野寺の言う通り、いつかは一人前の技師として患者の命を預からなくてはならない。

場が落ち着いたと思ったその時、看護師がラジエーションハウスに飛び込んできた。

「急患です！　交通外傷三名、いや、四名かも……？」

人数の曖昧《あいまい》な急患など聞いたことがない。小野寺がすぐ彼女に問い返した。

「どういうことだ？」

「患者の一人が妊婦で、うちで検査を受ける予定だったみたいです」

裕乃がすぐに誰のことを指しているのか察した。

「それって……！」

同じく感づいたたまきはすぐさま急患を確認しに駆け出した。嫌な予感が走り、浮き足立った現場を引き締めるように、小野寺が指示を飛ばした。

「五十嵐、広瀬、ポータブル準備！」

「はい！」

唯織と裕乃が同時に返事をした。

バイタルサインモニターや点滴スタンドが並ぶ殺風景な初療室には、すでに患者たちが運び込まれていた。

勘違いであってほしい。恐ろしいほどの胸騒ぎを抱えて、たまきが駆け込んできた。嫌な予感は的中した。

「圭介……！」

緊迫したたまきの声に、ポータブルX線装置を運んで後を追っていた裕乃が顔を歪《ゆが》めた。圭介の顔には痛々しい傷があり、意識がない。

高橋圭介の横に寝かされている女性は間違いなく圭介の妻の夏希だった。

夏希は見たところさほど大きい傷は負っていないが、やはり意識がない。

夏希を診《み》ていた整形外科医の辻村が怒鳴った。

「すぐに外科的気道確保の準備を」

蘇生《そせい》バッグで夏希の肺に酸素を送り始める。大きなお腹が呼吸のたびに動く。

「ポータブル来ました」

　到着した唯織に、辻村が指示を出した。

「五十嵐さん、代わってください」

「わかりました」

　診察に回った辻村が素早く夏希の全身の状態を確認し、たまきに撮影を依頼する。

「たまきさん、彼女の胸部と頸椎《けいつい》二方向お願いできますか？　現場で一度心肺停止したそうです。首を損傷しているかもしれません」

「了解」

　たまきはすぐさまポータブルの撮影条件を設定し、夏希のレントゲン撮影を開始した。

　辻村は裕乃にも指示を出した。

「広瀬さん、もう一人患者が来ます」

「わかりました」

　救急車から新たに男性がストレッチャーで初療室へと運ばれてきた。すぐに救急隊員が患者の情報を伝えた。

「塚田和也《つかだかずや》さん、二十九歳。脈拍１１０、血圧は80の56、呼吸数24、意識レベルはＪＣＳで１００です」

　裕乃はすぐさま塚田の呼吸を確かめて、顔をしかめた。

「うっ！　酒臭い」

塚田は意識を失っており、刺激があると払いのける仕草をする程度しか反応できない状態だ。

「飲酒運転か……」

辻村も裕乃と同じく、塚田をとがめるように言った。飲酒運転をした塚田、その車にぶつけられた圭介と夏希、事故の当事者三人が横並びに寝かされている。

検査室の準備を終えた小野寺がやってきた。

「向こうはいつでもＣＴ撮れるぞ」

辻村は塚田の容態を確認して小野寺に告げる。

「まずは胸部と腹部のレントゲンをお願いします」

「了解」

たまきが使い終えたポータブルＸ線装置を小野寺が引き継ぎ、ベッドに横たわったままの塚田の腹部に素早くアームを伸ばした。

その間に、先にたまきが撮った夏希の画像を辻村に見せる。

「頸椎の二方向、撮れました」

「やはり環軸椎《かんじくつい》の脱臼《だっきゅう》だな……」

唯織は補助換気をして夏希の体内に酸素を送るのを続けながら、そのやりとりにじっと耳を傾けた。

　圭介が目を開けて頭を動かした。それに気づいたたまきは、早口で圭介に呼びかけた。

「圭介、わかる？　ここ、病院」

「たまきさん……」

　圭介が朦朧《もうろう》としたまま言った。

「夏希は？　俺のことはいいから……夏希を……夏希とお腹の子を……」

　何も言えず、たまきは夏希の方を振り返った。

　圭介がたまきに懇願《こんがん》している傍《かたわ》らで、辻村が夏希の目にペンライトの光を当てた。

「瞳孔《どうこう》が開いている」

　開いたままということは脳損傷の可能性がある。横で聞いていた唯織の表情が曇った。

　今度は塚田のレントゲン画像が上がった。

「撮れたぞ」

　小野寺から受け取ったその画像を見た辻村は、呼吸などのバイタルサインを確認したあと、技師たちに告げた。

「まずはこの男性のＣＴを優先してください。血圧低下しているので緊急ＩＶＲになるかもしれません」

「広瀬、運ぶぞ」

裕乃が小野寺と一緒に塚田を搬送しようとすると、圭介が叫んだ。

「待ってくれよ！　妻を先に……お腹に子供がいるんです！」

悲痛な声に、たまきも裕乃もぐっと唇を噛《か》み締めた。それはよくわかっている、だが治療の優先順位を考えるとここは塚田が先だ。看護師たちと小野寺が塚田のストレッチャーをＣＴ検査室へと移動させる。裕乃はつらい思いをのみ込んで、ストレッチャーを押す腕に力を入れた。

「なんでだよ！　妻を……妻を先に……」

圭介が辻村に怒鳴ると、超音波検査機器で圭介の腹部の内出血を調べていた唯織が、

「動かないでください。内臓に損傷があるかもしれません」

と言葉で制した。

塚田を送り出した辻村が指示を出した。

「高橋圭介さんの胸部と骨盤《こつばん》の撮影を」

「了解」

たまきがすぐに応《こた》えた。

「俺より妻を先に……」

圭介は夏希のことをひたすら心配しながら、レントゲン室に運ばれていった。たまきが
「はい！」

圭介の検査の準備を進めつつ、夏希に視線をやった。

「彼女は？　どうするの？」

「検査室が空き次第、頭部と頸椎CTをお願いします。その間にエコーで胎児《たいじ》の状態を確認しましょう」

「はい」

そう返事した唯織は、意識が戻らないままの夏希を心配そうに見つめた。

CT検査室に飲酒運転をした塚田が運ばれたのを追うように、レントゲン室に圭介が運ばれてきた。待機していた威能がたまきに手を貸した。

「手伝います」

「夏希は⁉　大丈夫なんだよな？　なあ、たまきさん！」

意識がどんどんはっきりしてきている圭介は妻のことばかりを口にしている。

「今はおとなしくしてて」

そう言い聞かせると、「一、二、三」と声を出してストレッチャーから圭介を検査台に移した。

一方、CT検査室では裕乃と小野寺が塚田を診察台に移動させていた。CTスキャンを開始するため検査室の外に出てコンソールから塚田を見た時に、裕乃の口から思わず本音がこぼれた。

「どうして飲酒運転なんか……」

小野寺がすかさずたしなめた。

「外傷患者は一刻を争う。油断してると患者は死ぬぞ」

「すみません……！」

小野寺に注意され、裕乃はもう一度集中した。

CT検査室とレントゲン検査室、同時に重症患者が運ばれて慌ただしいコンソール前で悠木が電話をかけた。

「軒下さん？　鏑木先生、急いで呼んでもらえますか？」

大事なライブ配信を目前に呼び出された鏑木は文句を言いながらエレベーターを降りた。

本来なら杏が先に受け持つ案件だ。

「まったく、甘春先生はどこに行ったんですかね⁉　重症患者が三名もうちに運ばれたというのに」

足早に進む鏑木についてきた軒下は、機嫌を損ねないように目一杯持ち上げた。

下僕の精神も、目の前の患者を思えばこそだ。

「大丈夫ですよ！　鏑木先生がいらっしゃれば！」

実際これは功を奏し、プライドの高い鏑木は内心悪い気がしなかった。

「しかし、連日のＩＶＲで私の腰が持つかどうか……」

不安を漏らした鏑木に、すかさず田中がへりくだる。

「腰ならいくらでもお揉みいたします！　軒下が、軒下が」

「マジか……」

軒下は恨《うら》みがましい顔で田中を睨んだ。

鏑木をさらうように血管造影室にお連れした軒下と田中は、すぐに塚田のＩＶＲのために働き始めた。なんだかんだと文句は言うものの鏑木はやはり腕のいい医師だ。ライブ配信の謳い文句は伊達《だて》ではない。目の前で治療を待ち受けている患者がいれば、即座に体が動いた。

塚田の足の付け根の動脈から速《すみ》やかにカテーテルが入れられた。造影剤を吹くと、モニターに塚田の血管が映し出された。鏑木はすぐさま出血している場所を特定した。

「出血点は肋間動脈《ろっかんどうみゃく》の11番だな。選択的に止血しよう。マイクロコイル」

「何ミリ何センチ……」

確認を取る軒下を田中が遮って、自分からコイルの種類を提案した。

「三ミリ、六センチでいいですか？」

「それで」

「お願いします」

田中は看護師にコイルを催促した。

血管撮影室の近くにある、ＣＴ検査機器のコンソールで画像を整理している裕乃と小野寺は、ＩＶＲ中の鏑木の様子を気にしていた。小野寺は鏑木の手腕《しゅわん》に感心している。

「さすが鏑木先生。もう出血点まで到達したな」

事故の当事者の中で、飲酒運転をした加害者の塚田が一番先に助かる。そうわかった時、抑え込んでいた言葉が、裕乃の口からこぼれた。

「……どうして辻村先生は、塚田さんの検査を一番に優先したんでしょう」

小野寺からその質問への答えをもらえず、裕乃はさらに続けた。

「治療の優先度で言ったら、確かに塚田さんだったのかもしれません。でも……夏希さんにはお腹に赤ちゃんがいて、旦那《だんな》さんも奥さんの治療を一番に望んでいて……私だったら……」

「お前は神様か？」

小野寺はあえて冷たい口調で言った。

「えっ？」

ドキリとして裕乃は小野寺を見た。

「もし感情で決めれば、それは自分の手で命を選別することになる。医療従事者に、そんな権限はねえよ。俺たちにできることは、ただ目の前の命と、対等に向き合うことだけだ」

小野寺は静かに手術を見守っている。

こういった状況に初めて直面した裕乃は、自分の考えが感情に流されていたことに気づいていなかった。小野寺の言葉は、辻村医師の選択は、裕乃の医療従事者としての根幹に届いた。それでも、夏希と赤ちゃんのことを思うと、頭と心がバラバラになりそうだった。


初療室では夏希の検査が続いていた。いまだに夏希は意識が戻らないまま、人工呼吸器に繋《つな》がれている。辻村が呼吸を管理し、その間に唯織が夏希のお腹にエコーをあてている。レントゲン検査室から戻ってきたたまきが唯織に尋ねた。

「どう?」

「外傷による影響はなさそうです」

胎児は無事だった。

たまきは、今まで胸に詰まっていた息をやっと吐くことができた。少し表情を緩めると、

「よかった……。CTの準備しておく」

と、言い残し足早に去った。唯織は続いて夏希の心臓にエコーをあてた。みるみるうちに、唯織の顔が険しくなっていく。唯織の顔色が変わったのに気づいた辻村が声をかけた。

「現場で十分～十五分ほど心停止したそうです。ＥＦがかなり悪いですね」

辻村が言うように、夏希の心臓はもうほとんど自力で血液を送り出すことができなくなっていた。夏希の状態が厳しいことを唯織は認めるしかなかった。

夏希がＣＴ検査室からＭＲＩ検査室に移された。たまきは夏希にまるで意識があるかのように話しかけた。

「夏希さん、ＣＴの次はＭＲＩ撮っていきますね」

唯織はＭＲＩ検査の準備を着々と進めた。


今や、怪我《けが》を負った三人の命を救おうと、ラジエーションハウス全体が働いていた。レントゲン室、ＣＴ室、ＭＲＩ室、血管造影室がフル稼働している。

放射線技師たちは全力で圭介たちの身体の中を精査した。頭のてっぺんからつま先までを写し、怪我の状態を医師たちに提示した。

唯織が夏希のＭＲＩ画像を祈るような気持ちで見た。

「どうなの？」

たまきが背後から覗き込んできた。

目を凝《こ》らすまでもなかった。唯織に見えていたのは、真っ暗な未来だ。たまきに伝える言葉を唯織が探している時、圭介の検査にあたっていた威能がやってきた。

「圭介さんは肝損傷《かんそんしょう》を認めましたが、被膜下血腫《ひまくかけっしゅ》だったため、保存的治療になりました。入院して経過観察するそうです」

威能の言葉に、たまきはほっと胸をなでおろした。

「そっか、よかった……。ありがとう」

続いて塚田のＩＶＲを行った鏑木もコンソールの集まっている操作廊下にやってきた。

「塚田さん、無事止血できたぞ」

軒下が技師たちに速報を伝えた。鮮やかな手技で仕事を終えた鏑木は少々疲れを見せている。何しろ朝からずっと立ちっぱなしで仕事をしている。カメラのチェックだって簡単ではない。

「あ、明日に向け、少しでも体力を回復しなければ……」

「見事な腕前でした！」

軒下と田中が同時に賞賛した。

塚田と圭介の無事が確認できた技師たちが、夏希の容態を心配して集まってきた。裕乃もたまきと同じように夏希のことが気になって唯織に尋ねた。

「夏希さんは？　どうなんですか？」

唯織は夏希の脳のＭＲＩ画像をじっくり観察したあと、慎重に言葉を選んで答えた。

「頭蓋《ずがい》内には外傷性出血は見られません。ただ、一時的に虚血《きょけつ》状態になったからか広範囲に皮髄《ひずい》境界が不明瞭《ふめいりょう》な領域があります……」

画像を頸椎のＭＲＩ画像に切り替えて説明を続けた。

「それからＣ２レベルの頸髄《けいずい》損傷の所見です。心エコーをしたところ、左心室の駆出率がかなり落ちていて……夏希さんは、いつ容態が急変するかわかりません」

唯織は唇をキッと結んだ。内容の重大さに、軒下は声が自然と大きくなってしまった。

「おい！　それって……」

一緒に画像を覗き込んでいた鏑木がはっきりと夏希の状態を言った。

「もう……長くは持ちこたえられないでしょうね」

全員が、鏑木の方を向いた。

たまきは悲痛な顔で画像を凝視している。

手元にあった災害時の医療マニュアルが視界に入り、小野寺はそれを手に取った。先ほど受けた緊急災害時の講習で出てきたトリアージの分類表が出てきた。

『黒タグ　救命不可能』

その文字が小野寺に重くのしかかった。

「……お、お腹の赤ちゃんは？」

裕乃がうろたえた。

夏希が妊娠しているということが問題をさらに複雑にしていることに威能も気づいた。

「そうですよ。どうなるんですか？」

「一刻も早く取り上げてあげなければ、命が危険です」

鏑木は切迫した調子で答えた。

「緊急帝王切開か」

「でもそれって……」

悠木と田中の言葉を受けて、小野寺がまずこれからの手続きについて確認をする。

「奥さんの意識がない以上、旦那さんの承諾が必要だな」

非常に厳しい状況が目の前にあるのを、唯織たちは認めざるを得なかった。

ラジエーションハウスの操作廊下には重苦しい空気が流れた。


集中治療室の真っ白い空間で、意識が回復せず昏睡《こんすい》状態の夏希がベッドに横たわっている。夏希の喉《のど》に人工呼吸器が直接取り付けられている。もう、夏希は自発呼吸すらできなくなっている。空気の送り込まれる機械的な音が静かに流れる。透明な仕切り越しに唯織と辻村がただ見守ることしかできずに立っていた。

「医者は無力ですね。僕は彼女に何もできない」

辻村が嘆く。

椅子に腰かけた鏑木もそれを黙って聞き、同じ悔《くや》しさを共有した。医師免許を持つ唯織も心は同じである。辛《かろ》うじて持ちこたえているはずの夏希は、穏やかな顔で眠っているように見えた。

静寂をぶち破るように、背後の廊下から荒々しい物音と怒鳴り声が聞こえた。声の主はたまきだ。唯織たちは驚いて振り向いた。

「圭介、待ちなさい！」

入院着姿の圭介が足音荒く入り込んできた。

「圭介さん……！」

圭介はいきなり辻村につっかかった。

「どうして妻の方を先に助けてくれなかったんですか⁉　あんな飲酒野郎助ける前に妻を助けろよ！」

胸倉を摑《つか》まれた辻村は沈痛な表情のまま何も答えることができない。

「落ち着いてください！」

止めに入ろうとした唯織は激しく突き飛ばされた。細身の体は軽々と吹っ飛んで床に倒れこんだ。

「奥様は運ばれてきた時点でもう自発呼吸がなく、手の施《ほどこ》しようが……」

「ふざけんなよ！　このまま目を覚まさない……？　もう長く生きられないって……何なんだよ⁉」

圭介の絶叫が辻村の耳に刺さる。絶望と怒りをぶつけられた辻村の無力感はいかばかりか、唯織には痛いほどわかった。床から立ち上がった唯織が圭介を諭《さと》した。

「今は受け入れられなくて、当然だと思います……。ですが、夏希さんの容態は不安定で、いつ急変するかわかりません」

こんなに圭介が叫んでいるのに、夏希は静かに横たわっている。それが一層悲しみを募らせる。

「一刻も早く、お腹の赤ちゃんを取り出してあげる必要があります」

圭介の頭は完全に混乱した。

「……こんな状態の妻を、本気で手術するって言うんですか……？　ただ子供を産むだけ産ませて……妻を、見捨てろって言うんですか⁉」

何も言えない辻村をじっと見ていた鏑木が重々しく言った。

「残された者には、生きる義務があります。父親として、どうか賢明なご判断を」

「あんたに何がわかるんだよ？　医師なら、今すぐ妻を助けてくれって！」

「圭介」

見兼ねたたまきが圭介をたしなめたが、それ以上の言葉は続かなかった。

「残された者？　ふざけんなよ！　妻はまだ生きてる！」

制止を振り切って集中治療室に入るとベッドに横たわっている妻、夏希の大きなお腹をさすりながら声をかけた。

「大丈夫だぞ、夏希。やっともうすぐ子供に会えるんだ……。お前は絶対目を覚ます。死ぬはずなんかないよ……」

突然愛する人がいなくなってしまう、息をするのをやめてしまう。あんなに心待ちにしていた、初めて授かった子供の顔を見ることもなく。

たまきは圭介にかける言葉が見つからず、ただ黙ってその様子を見守るしかなかった。夏希を助けることができない辻村と鏑木、そして唯織も圭介の姿を悔しさとともに目に焼きつけた。


その頃、杏の乗ったフェリーが美澄島へ着いた。船尾の扉が重々しく開くと、人々がゆっくりと降りていく。その中に杏も交ざっている。

青い海に浮かぶ緑の小島。美澄島はその名の通り美しい島だ。杏は沈んだ気持ちのまま、『ようこそ美澄島へ』と書かれたゲートをくぐった。早く行かなければという思いと、弱った父の姿を見るのが怖いという気持ちが交錯する。杏はひとり島の集落に向かった。

小さな島のことだ。やがて、島でたった一つの病院である父の『美澄島診療所』が見えてきた。平屋建ての一軒家は、遠目からは病院とわからないぐらい、島の風景に溶け込んでいた。

海に面した診療所にたどり着いた杏は、門のところに人々が集まっているのが目に入った。おそらく島の住民たちだろう。

風通しのいい大きな窓越しに診察室が見えた。そこにも人の影が何人か見えた。杏はその様子を見守るだけで、なかなか診療所に足を踏み入れることはできなかった。

父親が危篤であるということを直視できる自信が、杏にはなかったのだ。

建物の中から年配の女性が顔を出した。

「もしかして……正一先生の娘さんかい？」

見知らぬ人に声をかけられて、逡巡《しゅんじゅん》していた杏は驚いた。

「はい、娘の杏です。あの、父は……？」

「ずっとあんたのことを待ってたよ。ほら、早く早く！」

その年配の女性は、杏の背中を遠慮なく押した。

そっと父のいる診察室に入る。

ベッドで杏の父親、甘春正一が横になっていた。薬が効いているのか正一は苦しそうなそぶりもなく眠っている。そのことに杏は少しだけ安堵《あんど》した。枕元にいた杏の母親、弘美がいち早く杏に気づいて夫に話しかけた。

「お父さん、杏が来てくれたわよ？」

杏はゆっくりとベッドに近づき、衰弱《すいじゃく》している父親の手を握った。

「お父さん、わかる？」

正一は杏の声でわずかに瞼《まぶた》を開いた。

「杏……ありがとな」

なぜ父親から感謝されたのか、杏はわからなかった。

「最後まで、父さんの我儘《わがまま》を聞いてくれて」

「そんな……」

正一は、がんが判明した時、積極的治療を受けることなく、残りの人生を最後まで医師として生きたいと杏に打ち明けたのだ。受け入れがたいその提案を、杏は切り裂かれるような思いで受け入れた。

「弘美、窓を開けてくれないか」

弘美が窓を開けると、爽《さわ》やかな風が流れた。外で見守っていた人たちが、口々に「先生」「ありがとう」と正一に向かって声を投げかけた。

「杏、放射線科医といえども、病気を見るな」

「え?」

思わず聞き返す。

正一は最後の力を振り絞った。杏に伝えたい、伝えなければならないことがあった。


「人を見る、医者になりなさい」


窓から入る風を受けながら、杏は自分が父親の望むような医師になれるか自問自答した。

「杏ならなれるさ。世界一の医師にな」

その言葉を聞いて、杏は子供の頃を思い出した。無邪気に、父親のような医者になりたいと願っていた。杏はできるだけの笑顔を見せた。父の背中を追いかけて必死に頑張ってきた日々を認められたような気がして、涙をのんで精一杯の笑顔を作り、頷いた。

「お父さん……」

「好きなように生きて、いい人生だった……」

正一の顔はとても安らかだ。

それだけ言うと、全ての息を吐きつくしたかのように、すっと目を閉じた。

杏が恐れていた時は穏やかに訪れた。

正一の一生が幕を閉じた。最後の最後まで医師であった。

目元を拭《ぬぐ》った杏が診療所の外に顔を出すと、大勢の人たちが正一に感謝を示そうと診療所の前に集まっていた。皆、世話になった正一の訃報《ふほう》を聞きつけて、最後のお別れをしようとやってきたのだ。その光景に杏は胸を打たれた。弘美がやってきて杏につぶやいた。

「ほんと、幸せな人生よね」

「……うん」

こんな風に愛され、頼りにされる医師がいる。

大病院にいたらわからないことだ。人を癒《いや》す力、病を見つける仕事がどれほど必要とされているか、父は最後に見せてくれた。

「お父さんから杏に」

弘美からファイルを差し出された。

「渡すようにって、頼まれたのよ」

受け取ったファイルはカルテだ。『患者名　野山房子《のやまふさこ》』とある。

形見のように渡されたカルテを、杏は不思議そうに見つめた。

正一の診療所の近くに、海に突き出した細い堤防がある。その端には赤い灯台があり、この付近の船の安全を守っている。

杏はその灯台の根元に腰かけて、先ほど母親から受け取ったファイルを眺めた。正一がなぜこのカルテを自分に託したのか、その理由を知りたかった。大好きな父親を亡くした悲しみでぼんやりとしている頭では、考えがまとまらない。文字を読んでも中身がまったく頭に入らなくて、ただ表面を目がすべっているようだった。

「そっくりだねえ」

突然、声をかけられて杏は驚いた。心ここに在《あ》らずで、近くに人が来ていたことに気づかなかった。そこにいたのは、先ほど診療所の前で杏の背中を押した年配の女性だ。

「いつも正一先生もそうやって、何か考え事する時はそこに座っていたよ」

「そうですか……」

自分の知らない父の姿がたくさんあると思うと、切ない気持ちが杏の心にあふれた。

「あ、あの……野山房子さんって方、ご存じありませんか？」

杏は思い切ってその女性に尋ねてみた。

「父が……最後まで気にかけていた患者さんみたいなんですけど」

「……そんな患者はこの島にいないよ」

その女性はなぜだか突き放したような言い方をした。今までの温かい心遣いが嘘のような態度に、杏は戸惑った。

「それよりもうすぐ船が出る時間だろ？　早くお父さんを連れて帰りな」

それだけ言うと、女性は去っていった。診療所では、父を船に乗せる準備が始まっているはずだった。フェリーは一日にそう何本もない。杏は所在なさげにファイルを見つめた。

ラジエーションハウスの放射線技師が集まる控え室では、唯織たち技師が静かにそれぞれの席についていた。食事の時間だが、夏希の容態が深刻なことを受けて誰も食事に手が伸びない。

唯織は夏希の頭部ＭＲＩの画像をタブレットに表示させたまま、じっと見つめている。いくら可能性や方法を考えても、どうにも助けようがない状態だ。

「五十嵐さんならどうしますか？」

隣の席に座っている裕乃が、突然訊《き》いてきた。

「もし大切な人が、もう助からないって言われたら」

大切な人。唯織はタブレットを杏との別れまでの時間を刻むタイマーに切り替えた。

「僕には、想像すらできません。少し離れるくらいで、どうしたらいいのかわからないのに……永遠に、離れ離れになるなんて」

杏と永遠に離れ離れ。

そんなことは絶対にあってほしくない。

ただでさえおかしくなりそうなのに、永遠の別れなんてとても想像ができない。

「……もう二度と会うことも、話すこともできなくなれば……それこそ絶対に乗り越えられない壁、なんですよね」

裕乃の言葉は唯織に向いているのか、それとも裕乃自身に向かっているのか、それは本人にとっても曖昧だった。

裕乃が言ったような壁に今まさにぶつかっているのは圭介だった。ベッドで横になっている圭介のもとに、たまきがやってきた。手にしていたペンと紙を圭介のテーブルに置いた。夏希の緊急帝王切開手術の同意書だ。

「ここにサインして」

圭介は同意書を前にして押し黙ったままだ。たまきは強めの口調で圭介に迫る。

「そうしなきゃ、お腹の子は助からないんだよ？」

「……なんでたまきさんまでそんなこと言うんだよ」

どうにもならない現実に圭介は必死に抗《あらが》う。

「夏希はまだ生きてる……。なのに、なんでもう助からないって決めつけるんだよ！」

「圭介……」

悔しいのはたまきも同じだ。本当にどこにも助ける道はないのだろうか？　奇跡は起こらない？　でも、医療従事者としては、現実を無視していい加減な希望を持たせるわけにもいかなかった。ただ、気持ちが痛いほどわかるだけに、圭介にそれ以上無理強《じ》いもできないでいた。

「出てってください。見損ないました」

そう言い捨てると、圭介は背を向けてしまった。その取りつく島もない様に、たまきは肩を落とした。労《いたわ》る言葉さえ見つからない。説得など不可能だ。


唯織たちの重苦しいため息で満たされた放射線技師控え室で、つけっぱなしのテレビから台風のニュースが流れた。

『台風8号が、明日にも本土に上陸するとみられます。外出の際は十分にお気をつけください』

テロップには『台風8号、今晩伊豆《いず》諸島を直撃』とある。

裕乃がふと気づいた。

「あれ？　この辺りって確か、甘春先生のお父様がいらっしゃる美澄島があるんじゃ……」

その言葉で唯織もテレビの画面を見た。

かつて、唯織は美澄島に甘春正一を訪ねたことがあった。アメリカのピレス教授のもとで学び、帰国した時だ。唯織は自分が不在の間、杏が結婚してしまったのかどうか確認したくて、思い余って父である正一を頼ったのだ。美しい島の海が目に浮かんだ。灯台のある堤防で、正一は大きな鯛《たい》を釣り、唯織が網で魚を引き上げるのを手伝った。

甘春正一先生はお元気だろうか。唯織が思い出にふけっていると、

「ああ、台風か……。何事もないといいけどな」

と、小野寺が正一のことを心配してつぶやいた。威能が急に思い出したように尋ねた。

「そういえば甘春先生、まだ戻ってないんですか？」

「マジでお泊まりか？」

軒下は杏が辻村と甘い時間を過ごしていたと半分ほど信じている。唯織がビクッと体を震わせる。

悠木はお泊まりなどとは信じられず、軒下に反論した。

「留学の準備で、色々忙しいんじゃないですか？」

「何しろ三日後には、アメリカですもんね！」

悠木に続いて田中も留学準備説に乗っかる。

唯織がどんよりとした顔でタブレットのカウントダウンを見つめた。この数字を、現実を、受け入れることはできないが、止めるすべもわからない。

「いがらしぃぃ!!」

いきなり乱暴な調子で名前を呼ばれ、唯織はビクッと振り向いた。

唯織を呼んだのはたまきだ。

「ちょっと来て」

そう言い捨ててすたすたと行ってしまう。わけもわからないまま、唯織はたまきの後を追った。

たまきは何も言わず、夏希が眠っている集中治療室にやってきた。そもそも圭介と夏希は、精密検査を受けにこの病院に来るはずだった。たまきはそのエコー検査をしてもらうために唯織を連れ出したのだ。

「悪いね、付き合わせちゃって」

「いえ……」

唯織は慎重に夏希の腹部のエコー検査をした。モニターには夏希と圭介の胎児の姿が映し出された。検査機器から発せられた超音波が夏希の胎内の様子を知らせてくれる。その小さな心臓は確実に脈打っていた。

たまきが話し出した。

「圭介の奴、昔からホント頭固くてさー。でも夏希さんの妊娠がわかった時、三時間ぐらい自慢する電話してきて……」

たまきは下唇を嚙んだ。

「きっといい父親になれると思うんだよね」

そう言うと潤《うる》んだ目のままなんとか笑顔を作った。気丈に振る舞っているが、内心は後輩とその妻を襲った悲劇をどうにか受け止めようと必死だ。

「はい……」

もともと、羊水が多いことを心配して受診する予定だった夏希だ。唯織は夏希のお腹の中にいる胎児の様子を注意深くうかがった。横で見ていたたまきは不安そうに尋ねた。

「どう?」

「羊水過多の場合、消化管閉鎖や中枢《ちゅうすう》神経の異常などの可能性が考えられますが、夏希さんの赤ちゃんはいずれの所見も見当たりません。今のところ元気に育っています」

「よかった……」

たまきが心の底から安心したように言った。ここで子供まで失うなんて過酷すぎる。

途中から一緒に胎児の様子を聞いていた裕乃は笑みを浮かべた。唯織たちが振り返ると、勤務時間を終えて私服姿の小野寺たちが心配そうに夏希のことを見守っていた。

「あれだけの事故でお腹の赤ちゃんが無事だったなんて……奇跡ですよね?」

裕乃が誰にともなく尋ねた。

それに対して、威能が夏希の様子からわかっていたことを話した。威能は『Ａｉ』——死亡時画像診断のスペシャリストで、激しい事故の傷などをたくさん見てきている。

「夏希さんの両腕に打撲痕《だぼくこん》がありました。おそらく事故の際、お腹の子を必死に守ろうとしたのかもしれませんね」

奇跡ではなく、夏希の強い意志がお腹の子を守ったのだ。それを知った技師たちは、同じ思いになった。

「……何とか、助けてやりたいな」

軒下がぽつりと言った。

「圭介さんは今、どうされてるんですか？」

悠木に尋ねられると、たまきは苦々しい顔になった。

「現実を受け入れられる状態にない……」

田中は焦ったように言った。

「でも……お腹の子のことを考えると、もう猶予《ゆうよ》はありませんよね？」

「容態が急変する前に説得しないとな……」

小野寺の言葉が重々しく廊下に響く。先ほど説得に失敗したたまきがポツリと言った。

「……仮に圭介を説得できる人がいたとしたら、それは……彼女だけかも」

たまきの視線は、夏希に向かった。夏希が子供まで死ぬことなど望んでいるはずがない。

小野寺や田中、そして唯織も夏希の静かな横顔をじっと見つめるしかなかった。

台風が来るなどと思えないほど、真っ青な空の下、美澄島の港には出航を待っているフェリーが停泊している。島と本州を結ぶ貴重な交通機関だ。

正一の棺《ひつぎ》が島民たちに見守られながらフェリーへ運ばれていった。杏の胸の内にある悲しみは、皆の温かい気持ちによって少し溶け出した。棺の後ろを弘美がついていく。船に乗り込む前、振り返って島民たちに深く頭を下げ、感謝の意を表した。杏もそれに続いて桟橋《さんばし》を渡っている時、

「おーい」

と、元気な声が聞こえた。杏に話しかけてきたあの女性だ。自転車を一生懸命漕《こ》いで杏の方に向かってくる。

「フサバア！」

杏の近くにいた島民の少年が手を振って元気よく呼んだ。

「……フサバア？」

その呼び名に杏は引っかかった。「フサバア」とは「房子」の呼び名ではないのか。

フサバアと呼ばれた女性は自転車から荒っぽく降りると、カゴから紙袋を取り出した。

「正一さんの大好物、思い出して。持っていってくれ」

笑顔で杏に駆け寄って紙袋を差し出した。

杏がその紙袋を受け取ろうと手を伸ばした時、フサバアが急に顔をしかめて胸を押さえた。そのままどっと倒れこむ。杏はとっさにその体を支えた。地面に落ちてしまった紙袋からこぼれたのは、見事に熟したびわだ。

「大丈夫ですか⁉」

「フサバア、大丈夫か⁉」

少年の父親がフサバアに駆け寄って声をかけた。

「あの……この方のお名前は？」

杏の質問に、少年の父親は不思議そうな顔をした。

「野山房子だよ」

杏が予感した通りだった。正一の託したカルテの患者は、この人だ。

なかなか船に乗り込んでこない杏を心配した弘美が船の奥から出てきた。

「杏？　どうしたの？」

「大丈夫⁉」

「……お母さん、私、もう少し島に残る」

房子が苦しげにうめく。

「次の便で帰るから」

弘美はすぐに杏の意図を悟った。

正一と同じく、娘の杏も立派な医師なのだ。目の前に苦しむ患者がいれば何よりもその人を診ることを優先する。ましてやこの島には、もう医師がいない。

「わかったわ」

弘美はすぐに受け入れた。娘と一緒に看取《みと》ることができただけでもう十分だ。次の便なら葬儀には間に合うだろう。弘美は、もう一度頭を下げ、船に戻っていった。

フェリーのタラップが上がり、船はゴーッとエンジン音を響かせてゆっくりと埠頭《ふとう》を離れた。娘を島に残して、弘美は正一の棺とともにフェリーで本土に帰っていった。

少年とその父親が車椅子を運んできた。少し胸の痛みが和《やわ》らいできた房子が、

「大丈夫だってば」

と強がりを言った。

「ありがとうございます」

杏は車椅子を持ってきてくれた二人にお礼を言ったあと、房子に尋ねた。

「あなたが野山房子さんですね？　どうして隠していたんですか？」

房子は飄飄《ひょうひょう》と言ってのけた。

「大したことないからだよ。いつも胸の痛みなんてすぐに治まる。それなのに正一先生が大袈裟に……」

杏は車椅子を押しながら、父がどんな風に房子を診察したのか思いを巡らせた。

「そんなことよりいいのかい？　次いつ船が来るかなんてわからないよ」

「えっ？」

そんな話は聞いていなかった。房子のために残ったことを後悔はしなかったが、予想外のことに少し驚いた。

房子は車椅子に乗ったまま空を見上げた。先ほどまで気持ちのいいくらいだった青空に、厚い雲が迫っていた。

「今晩、台風がこの辺りに直撃するらしいからねえ」

まさかの台風である。病院にいた頃からその情報は流れていたものの、父の急変の報せ《しら》に心を痛めていた杏の耳には入らなかった。台風と聞いて、杏はむしろじっくりと房子と向き合おうと心を決めた。

「大丈夫です。それよりちゃんと診察させてください」

「あんたもしつこいねえ。やっぱり正一先生にそっくりだ」

あきれ顔の房子はなんだか楽しそうだ。

杏たちは正一の診療所に戻った。まずは心電図を見ようと杏が診療所を見回した。甘春総合病院とは比べものにならないほど、機器も設備も古めかしい。よくこれで検査ができていたものだ、と杏は驚いた。

先ほどまで診察を拒否していた房子がおとなしくベッドに横になった。

「どうだい？」

杏は心電計のモニターに目を通している。波形は正常な線を描いていた。

「特に異常は見当たりませんね」

「だろ？　もうすっかり胸の痛みも治まったし、問題ないよ」

先ほどの苦しみが嘘のように、房子は晴れやかな顔で起き上がった。

「あ、でも……」

「それよりあんた、ちょっとうちに来てくれる？」

いきなり自宅に招かれて、杏は不意を突かれた。


房子の家は、海岸すぐ近くの崖の上にあった。

家に招き入れられた杏は、居間からの絶景に目をみはった。開け放たれたガラス戸越しに、青い海が広がる。波が静かに湾に寄せているところを部屋にいながら見られるのだ。どんなリゾートホテルより贅沢《ぜいたく》だ、と杏は思った。

風通しのよい居間の座卓に、房子が次々と皿を運んだ。どれも豪華な魚介料理だ。テーブルの真ん中に立派なキンメダイの煮つけが陣取り、ホタテのバター焼きと刺身盛り合わせもその脇に並んでいる。

台所から出てきた房子が、さあさあと杏を座らせた。

「どうせ全然食べてないんだろ？　ちゃんと食べないとあんたの方が倒れるよ」

「これは……」

島ならではの海の幸を前に、杏は嬉しさがこみあげてきた。

かかりつけ医の娘というだけで、こんなに温かく迎えられている。島の人たちの、房子の心遣いがありがたい。

「私のせっかくの手料理を残したら、承知しないよ。さあ、食べて、食べて」

「では……お言葉に甘えて」

普段は滅多に見られないような豊富な魚介料理に急に食欲が湧いてきてキンメダイに箸《はし》をのばした。

「おいしい……！」

「だろ？」

房子は胸を張った。

お世辞ではない、魚は本当に新鮮で豊かな海の香りがした。麻痺《まひ》していた感覚がやっと戻ってくるのを杏は感じた。

「魚の活《い》きがいいだけじゃないよ。うちの島は、井戸水を使って調理しているからね」

「井戸水？」

テーブルの上に、その井戸水を汲《く》んだコップが置かれている。

「とにかく水がきれいでおいしいんだ」

「そうなんですか」

「正一先生もここの魚が大好きでねえ。毎日、自分で釣った魚を食べて、ここでしかできない生活を楽しんで、本当に幸せそうだった」

房子が語るのは、杏の知らない父の姿だった。父に認められるような医師になりたくて、がむしゃらに努力してきた杏は、父に会いに行く度胸も時間も持ち合わせていなかった。父がそんな風に幸せそうに生きていたことを今さらながら知ると、安堵とともに「もっと会っておけばよかった」というかすかな後悔が頭をよぎった。切ない思いで胸がいっぱいだ。

「私も、あんな最期《さいご》を迎えたいもんだね」

房子が微笑んだ。

「房子さん……」

「あんたは、もうすぐアメリカ行くんだって？」

「どうしてそれを!?」

「正一先生が言ってたよ。私ら、釣り仲間だからねえ」

「はあ……」

父が自分のアメリカ行きを色々な人に話していたのは意外だった。

「女一人、異国の地で学ぼうだなんて、カッコイイね！」

「……私はただもっと勉強したくて。いつも誰かに頼ってばかりだったので」

嫌でも唯織の顔が思い浮かんでしまう。

唯織に助けられて問題を解決するたびに尊敬の念を抱き、自分の至らなさを歯がゆく思った。放射線技師としてだけでなく、医師としても優秀な唯織に追いつき、追い越すためには彼が歩んだ道を自分も歩くしかないと思い詰めた結果の渡航だ。

「たくさん勉強して、立派なお医者さんになっておくれ」

「なれるんでしょうか。世界一の医者なんかに……」

杏の口からつい弱音が漏れた。父親の正一が死の間際口にした、「世界一の医者」という言葉は杏には重かった。子供の時からずっと、父親みたいにどんな病気も見つけられるお医者さんになりたいと願っていたが、現実はそう簡単ではない。房子はそんな杏の心の変化を見透かすように顔を覗き込んだ。

「ああ、いえ……」

その心を隠すように、キンメの煮つけを立て続けに頬張《ほおば》った。父も食べていた魚の味だ。少しでも父親と繋がれた気がして、ここに留まってよかったと杏は思った。

房子が、外の様子を気にした。と、いきなり重い雷鳴が鳴り響く。風がガラス戸を揺らし、雨音もすぐに続いた。

「いよいよ来たね……」

房子はガラス戸を閉めて風を防いだ。

食事をしている短い間に海は鉛色《なまり》に変わり、波がうねり始めた。豪雨で動けなくなる前に、杏は房子の家を辞した。お腹も満たされ、心まで少し温かくなった杏は、雨の中診療所まで戻ると、房子のカルテをもう一度見直した。

強い風が吹きつけ、窓ガラスがカタカタと音を立てている。診療所の井戸脇の桶《おけ》の中に取り残されたおもちゃの船がゆらりゆらりと動いた。

カルテには『家族の病歴　父、心筋症　兄、心不全』とある。

何かが引っかかる。さきほど、自分で房子の心電図を取ったが、特に異常は見当たらなかった。しかし、港での胸の不調も確かにこの目で見たし、こうして家族にも心臓の病歴があるとなると、房子の心臓にはなにか問題が隠れているのではないか。

カルテから杏が目を上げた。次第に強くなっていく風雨が、激しく叩きつける。美澄島にとうとう台風の雨雲が到達した。おびただしい雨が小さな島を洗い流していく。この小さな島では受け止められないほどの豪雨だ。海から直接そそり立つ山肌が雨を集め、濁《だく》流《りゅう》となって谷を走り抜ける。

みるみるうちに地面に染み込んだ水が、じわりと土をふくらませた。軽トラックで島の様子を見回っていた役場の職員が崖下の道を通り過ぎた時、耐えきれなくなった地面がズズッと動いたと思うと、突然山の斜面が崩れた。道路が寸断され、泥水がどっと沢へと流れていく。慌てて軽トラックを降りた役場の職員は、風に飛ばされそうになりながら崖崩れの様子を確認すると、

「大変だ！」

と叫んで、役場に急いだ。


美澄島に襲いかかった台風の予兆がわずかに甘春総合病院にも伝わった頃、圭介は書類を手に病院の廊下を歩いていた。意識の戻らない夏希の帝王切開をする手術の同意書は白紙のままだ。圭介はまだ心を決めかねていた。

「だから助けてくださいよ！」

突然、圭介の耳に荒っぽい声が飛び込んできた。病院の通路で、車椅子のまま電話していた男が叫んだ。圭介には、すぐにわかった。事故を起こした張本人の塚田だ。

「飲酒運転で捕まるとか、人生終了じゃないっすか……。金ならいくらでも出しますから、弁護士ならなんとかしてください」

そう言い捨てると電話を切り、ため息を吐いた。

「はあ、マジ最悪。ホント死にてぇわ」

近くで電話の一部始終を聞いていた圭介の心の導火線に火がついた。

人生終了？　死にてぇわ？　気がついた時には殴りかかっていた。同じく塚田が声高《こわだか》に電話しているのを聞いていた小野寺に止められた。

「やめろ、落ち着け！」

「なんであんな奴が生きてんだよ……なんでアイツが！」

圭介の目には涙がにじんでいる。小野寺はなにも言えなかった。

同じ時、唯織はラジエーションハウスのＭＲＩコンソールでモニターをじっくり見ていた。モニターに映し出されているのは、夏希の脳のＭＲＩ画像だ。何度見返しても、見えなかった。夏希が回復する望みはどこにも見当たらない。

その重たい事実を受け止めようとするたびに、裕乃の言葉が脳裏をよぎる。

――もう二度と会うことも、話すこともできなくなれば……それこそ絶対に乗り越えられない壁、なんですよね。

唯織はぞっとした。

大事な人との死別。必ず訪れるその瞬間がどんな風にいつ来るのか、誰にもわからない。

夏希と圭介のお別れは、あまりにも唐突で暴力的だった。こんな形で愛する人を失うなんて……その心中など想像するにあまりある。

唯織はどうしても杏を想わずにはいられなかった。

残り五十九時間。タブレットが、杏とのお別れまでの時間を無機質に刻んでいく。どうにも止められない時間の流れはなんと残酷なものなのだろうか。唯織はラジエーションハウスでひとり、その無念さを噛み締めた。


院長室では院長の灰島将人《はいじままさと》がテレビの台風情報をチェックしている。

『今朝にも本土に上陸すると思われていた台風8号ですが、暴風域を伴いながら伊豆諸島付近で停滞し、猛威をふるっています』

灰島は難しい顔でその情報を耳に入れた。

甘春総合病院の患者とスタッフ全員の様々な感情――喜びや悲しみを夜の闇《やみ》が包み込んだ。

第2章

雨

翌朝になっても、唯織《いおり》は夏希《なつき》のことを諦《あきら》めきれなかった。何かひとつでもいい。夏希の言葉を、意思を汲《く》み取れないか。唯織は早朝から夏希の部屋の前で必死にＭＲＩ画像を精査し続けている。

たまきが、まだ署名が入っていない夏希の手術の同意書を手に廊下を行く。ロビーでは、鏑木《かぶらぎ》が腰を押さえながら歩幅狭く歩いていた。一晩休んだぐらいでは、ガラスの腰は回復しなかった。のろのろ進む鏑木の横を、車椅子《いす》に乗った飲酒運転の塚田《つかだ》が余裕で追い越していく。鏑木のＩＶＲ処置のおかげで、自分で動けるほどに回復している。

今日は鏑木にとって記念すべきライブ配信当日だ。ＭＲＩやＣＴのコンソールが集まっているラジエーションハウスの操作廊下では、軒下《のきした》が悠木《ゆうき》とその打ち合わせをしている。打ち合わせというより、軒下が一方的に懇々と言い聞かせていると言った方が正しい。

「いいか？　十時ピッタリに、何があっても配信をスタートさせろよ」

「わかってますよ、しつこいな」

「何があってもだからな！」

軒下は鬼気《きき》迫る表情で悠木ににじり寄った。その役目のことは前から聞いていたものの、軒下のしつこさに悠木はうんざりした。

そこへ、自動ドアが開いて鏑木が現れた。明らかに、かなり腰にきている歩き方だ。軒下と田中《たなか》が争うように鏑木のそばに向かった。軒下がまず先手を打って鏑木のことを持ち上げる。

「いよいよですね！　鏑木先生の晴れ舞台！」

いつもなら気分良くなってくれるはずの鏑木は浮かない顔だ。

「私の腰が、昨日の予定外のＩＶＲのせいで悲鳴をあげている……」

悠木が気の毒そうな顔で鏑木を見た。

鏑木には、晴れ舞台が待っているという気合はどこにもなく、そろりそろりと慎重に安全運転をこころがけているといった風だ。そんな鏑木を鼓舞《こぶ》しようと、田中も軒下に負けじと鏑木をヨイショした。

「その悲鳴が一時間後には拍手喝采《かつさい》！　大歓声に変わっています！」

鏑木は公開ＩＶＲの宣伝文句を思い出した。

――日本中の放射線科医の技術向上に貢献――

あれだけ念入りに準備した公開ＩＶＲ、絶対にやり遂げねばならない。

鏑木の目に再びギラギラと名誉欲が湧きあがった。くるりと踵《きびす》を返して胸を張る。

「さあ、行きましょう」

「はい！」

ハイブリッド手術室に向かって金魚のフンのようについていく田中と軒下を、小野寺《おのでら》たちはあきれ顔で見送った。

昨日、災害研修で使われた講堂はＩＶＲのライブビューイング会場になっている。高名な放射線科医の手技を見ようと、続々と人が集まりつつある。

裕乃《ひろの》がなにやらつぶやきながら出勤してきた。昨日ＣＴ検査をした六歳の鳴海《なるみ》海斗《かいと》くんの小児カテーテルが間近に迫っている。ヒロノギアスは通勤途中、小児カテーテルのマニュアルをずっと暗唱してきたのだ。

どんなに準備しても、裕乃は軒下の煽《あお》り言葉がずっと頭に引っかかっていた。

――でももし、失敗したら？

――患者は死に、お前は訴訟を起こされる。

自分に自信が持てず、焦って失敗してしまう裕乃にとって、その脅しは効いた。

「うっ……お腹《なか》痛い」

マニュアルを完璧に覚えようとするまではよかったが、過度の緊張で体に変調をきたしてしまった。

小児カテーテルを無事こなせるかどうかの不安が最高潮に達した時、車椅子で元気にあちこち移動していた塚田が突然腹を押さえて苦しがった。

「塚田さん……？」

裕乃の呼びかけに塚田は応《こた》えられない。うめき声をあげ、腹を抱えて前のめりになると車椅子からドタリと落ちた。裕乃はすぐさま駆け寄った。

「塚田さん、大丈夫ですか⁉　塚田さん⁉」

異変に気づいた病院スタッフが医師を呼んだ。

車椅子から落ちた塚田が苦痛に叫ぶ声がロビーに響き渡った。床の上でのたうちまわっていると、呼び出された辻村《つじむら》が現れた。即座に腹を触診する。

エレベーターの扉が開き、鏑木がロビーに現れた。軒下と田中の声援に支えられ、先ほどの弱々しい様子はどこへやら、意気揚々《ようよう》と歩き出した。

「ん？　あれは……」

――あの患者は確か昨日の――

目前で容態が急変しているのが塚田だと、鏑木は遠目に確認した。何があった。昨日確かに止血したはずだ。

「すみません！　道を開けてください！」

看護師たちが口々に言いながらストレッチャーを引いて駆け込んだ。裕乃と辻村が素早く塚田を乗せた。治療に繋《つな》がったことを見届けて鏑木が過ぎ去ろうとすると、裕乃が呼び止めた。

「鏑木先生、大変です！　塚田さんが激しい腹痛を訴えています！」

辻村が続いて切迫した状況を鏑木に伝える。

「造影ＣＴ次第では仮性動脈瘤《どうみやくりゆう》が破裂している可能性があります。その場合、すぐにＩＶＲが必要です」

辻村の話を聞いて、鏑木は今自分が置かれている状況に気づいた。急患により、ＩＶＲ公開イベントが吹っ飛ぶ可能性が出てきた。今ＩＶＲをできる医師は、この病院では鏑木の他にはいないのだ。

もちろん、鏑木の一大イベント成功に心を砕いてきた軒下と田中の顔も青ざめた。

「こんな時に……」

軒下が言葉を失った。

「オーマイガー」

田中があ〜あという表情で鏑木と裕乃のやりとりを見つめた。裕乃は完全に腰が引けている鏑木にすがった。

「鏑木先生！　塚田さんの治療、お願いします！」

「ですが私は……今からライブ配信が……」

その言葉にすかさず辻村が嚙《か》みついた。

「瘤《りゆう》が破裂しているかもしれないんですよ!?　緊急度の高さで言ったら、予定していた患者さんよりも塚田さんのはずです！」

「ですが、何百、何千というドクターが、私の配信を……」

鏑木は迷った。一世一代の晴れ舞台はなんとしても成功させたい。しかし、もし辻村の懸念が当たったら、一刻を争う緊急事態だ。周囲にいた人たちもこの騒ぎを聞きつけて鏑木の一挙一動を見守っている。

ここはどう考えても急患優先だろう……見兼ねた軒下が、思い切って進み出た。

「か、か、鏑木先生！　甘春《あまかす》先生がいない今、塚田さんを救えるのは鏑木先生だけです！」

鏑木に正しい判断をしてもらうため、田中もここぞとばかり鏑木をおだてた。

「そうです、鏑木先生！　今こそ、そのゴッドハンドを使う時です！」

「鏑木先生!!」

裕乃や辻村も必死に訴える。

鏑木は自分の両手をじっと見る。皆が――一刻を争う急患が、私の助けを待っている。

この手に患者の命が救えるかどうかがかかっているのだ、と言い聞かせた。

「よし……ライブ配信は中止だ！　患者は、私が救う！」

鏑木の決断に周囲の患者たちから拍手が起き、ロビーは温かい雰囲気に包まれた。

ハイブリッド手術室は迅速《じんそく》に塚田の治療のために整えられた。

あれだけ迷っていた鏑木は肚《はら》を決め、すでに防護衣を着て準備万端、手術室に真っ先に入った。そして、血管を映し出す大きなモニターや、血管撮影用の巨大なC型のアームを見回した。

鏑木は、ここで何人もの命を救ってきた。これらの機器を駆使《くし》し、細い血管の中をわずかな指先の感覚だけで進む。ＩＶＲは繊細極まりない高度な治療だ。

軒下と田中は防護衣をつけて手を洗うところでちょっかいを出しあっている。鏑木を巡って張り合っている二人も、仲が悪いわけではないのだ。それに、急患を救うべく鏑木を説得できたことが嬉《うれ》しい。胃が痛むようなライブ配信よりずっとやりがいを感じる。

手術室の中の鏑木は、部屋の外にいる軒下と田中におごそかに告げた。

「準備はＯＫだ、患者を」

「はい」

ガチャリとドアの鍵が閉まって扉の上のランプが赤く『手術中』と点灯した。軒下と田中はまだ外にいる。不審に思った鏑木が振り向こうとした瞬間、背後から忍び寄った者から首にナイフを突きつけられた。

「動くな」

「なっ……⁉」

ヒヤリ、と押し当てられたナイフの感触が首筋から全身へ伝わる。あろうことか、何者かが自分の命を狙っている。状況を理解した鏑木は恐怖で硬直した。

廊下の向こうから手術室前へ塚田を乗せたストレッチャーがやってくる。

「こちら準備ＯＫです」

と、田中が手術室のドアに近づいた。

だが、自動で開くはずの扉はビクともしない。

「あれ……？」

この状況で手術室のドアに鍵がかかっているなんてありえない。軒下が不審がった。

「どうなってるんでしょう……」

田中が軒下と顔を見合わせた。

「準備まだなんですか？」

ストレッチャーを運んできた裕乃が軒下たちに訊《き》いた時、「ひゃあああああああっ」と鏑木の甲高《かんだか》い悲鳴が手術室から聞こえてきた。

驚いた軒下が、手術室前の廊下に設置していた今日のライブ配信用モニターを素早く確認する。

「おいおい、マジかよ……」

軒下が後ずさった。何者かが、防護衣姿の鏑木の背後を取り、首元にナイフを当てがっている。その場にいた裕乃も看護師たちも状況がわからないままうろたえた。

「た、助けて」

鏑木の弱々しい悲鳴がスピーカーから聞こえてくる。

「動くな！」

ナイフを持った男の鋭い声がその場のうわついた空気を切り裂いた。

「うそ……」

モニターを見た裕乃が鏑木の姿を見て口元を覆《おお》った。事態を把握した田中が「大変だ……！」と駆け出した。院長室に駆け込んだ田中を、灰島《はいじま》が威圧するような目で出迎えた。

「た、立てこもりです‼」

その言葉を聞き終わらないうちに、灰島が椅子からガバッと立ち上がった。

「立てこもり⁉　どうしてそんなことに……」

部屋を急いで後にした灰島は、大股《おおまた》で歩きながら憮然《ぶぜん》とした表情で田中の話を聞いた。

「わかりません……。見知らぬ男が突然鏑木先生を人質に！」

「……いいか？　絶対に外部には漏らすな」

この病院の顔である灰島はまず体面を気にした。なんとか穏便に済ませたい。ロビーを足早に歩きながら厳しく言い渡すのを、田中がウンウンと落ち着かない様子で頷《うなず》く。

「そうしなければ、病院中が大パニックに……」

言いかけた灰島が呆気《あっけ》に取られて立ち止まった。ロビーに設置された鏑木のＩＶＲライブ配信用モニターの前に人だかりができている。モニターを見た田中は凍りついた。ライブ配信が始まっている。

――いいか？　十時ピッタリに、何があっても配信をスタートさせろよ――

悠木に念を押す軒下の声が、頭の中でこだまする。

「病院内で立てこもりだ！」

モニターを見ていた人の中で、誰かが大声で叫んだ。

その一言で、ロビーは大混乱になった。外来患者たちがまず逃げ出した。病院スタッフが確認しようと動き出した。ロビーから人々が次々と外へ駆け出していく。

逃げろ逃げろと、あちこちで声があがる。転ぶ人、電話で連絡する人、噂《うわさ》が噂を呼び、別の階からも人が降りてくる。ロビーから逃げる人々に押し返されるように、今まさに病院にやってきた人たちもそのまま逃げ出した。電話が鳴った、と思うと受付全ての電話が一斉に鳴り出した。ひっきりなしに鳴る電話に、事務員たちが総出で対応にあたっている。

情報を隠すつもりだった灰島は、なぜこのような事態になっているのかと田中を睨《にら》んだ。

「いや、あの……」

灰島の鋭い視線が痛いほど田中に刺さった。

同じく、この人質事件が全国にライブ配信されていることに気づいた軒下は、ラジエーションハウスに駆け込んだ。

「悠木！　お前まさか……ライブ配信してないよな？」

怒鳴られた悠木は、怪訝《けげん》な表情になった。

「遠隔操作でしましたよ。何があっても配信しろって言われたんで」

技師控え室のテーブルに放置されたパソコンモニターの端に『ＬＩＶＥ』と表示されている。この事件はすでに配信されてしまっている。軒下は愕然《がくぜん》とした。

「バカ野郎……！」

軒下は思わず悠木を罵《ののし》った。なぜ罵られたのかわからず、悠木はむっとした。

ハイブリッド手術室前の廊下に、灰島がやってきた。

ラジエーションハウスから急行してきた小野寺たちも集まってきた。

「立てこもりって本当ですか⁉」

小野寺が目をむいて尋ねた。

病院が大騒ぎになり、田中と軒下の二人がライブ配信のことを知った頃、ライブビューイング会場もまた、騒然としていた。

集まっていた医師や患者たちが、大スクリーンに映し出された、今にも殺されそうな鏑木医師の姿を見ておののいている。

「大変だ！」

映像を見ていた医師が、慌てて椅子から立ち上がり、つんのめった。

「鏑木先生が人質に！」

「立てこもり事件だ！」

満席の会場で、医師たちが口々に叫んだ。

ラジエーションハウスで、軒下の指が配信停止キーを叩いた。遅まきながら配信が停止され、スクリーンは恐怖にひきつった鏑木の顔が中途半端な状態のまま固定された。

「警察を！」

聴衆としてその場にいた、放射線技師会会長の及川《おいかわ》が大声を張り上げた。

「ライブ配信、中止しました！」

駆け込んできた軒下がそう伝えると、手術室の中から鏑木が叫んだ。

「警察には通報するな！　絶対だぞ！」

「犯人にそう言うよう脅されているとか⁉」

田中の言葉に小野寺がすぐさま反応した。

「院長、もし警察に通報したことが犯人にバレたら、鏑木先生殺されちゃいますよ！」

「……仕方がない。警察には通報するのは、やめましょう」

どんどん酷くなる状況に舌打ちした灰島はすぐに指示を出した。

遠くからサイレンの音が近づいてきた。ハイブリッド手術室前の田中が、その音を気にして窓の方へダッシュした。

見下ろした病院エントランスには、サイレンを鳴らした警察車両が次々と入ってきていた。赤い回転灯がどんどん集まって、物々しい。

「警察、来ちゃいました！」

外の様子を確認した田中が灰島に報告した。

「何⁉」

「配信しちゃいましたからね……」

威能《いのう》の指摘はもっともである。

「絶対に外部には漏らすな！」

何もかもが後手後手だ。灰島の声は焦りと怒りで震えた。

「あのー、これ！」

次に軒下が指さしたのは、テレビだ。

『臨時ニュースです。立てこもり事件が発生した模様です』

早くもテレビのリポーターが事件の発生を報道していた。『速報　病院に刃物男立てこもりか』というテロップ付きだ。

『病院関係者によりますと、犯人と思われる人物は医師を人質に――』

事件を聞きつけたマスコミが、もう病院前に集まってきている。警察車両のすぐそばに、テレビの中継車が押し寄せる。甘春総合病院の様子は完全に生放送されてしまっている。

「情報、ダダ漏れじゃないですか……」

裕乃が諦《あきら》め気味に漏らした。

「配信しちゃいましたからね」

身も蓋《ふた》もない事実を威能が再びさらりと言った。

「くそっ！」

灰島は怒り心頭だ。

テレビでは、配信が途切れた瞬間の映像、おびえて情けない顔の鏑木を延々と流している。悠木はそれを見て同情した。

「もっとマシな写真、なかったんですかね」

「晴れ舞台どころか、公開処刑……」

鏑木のＩＶＲ配信を必死に準備してきた田中は、この哀《あわ》れな結果にどっと疲労を覚えた。


一方、この騒ぎにまだ気づいていないたまきは、どうしても夏希の緊急帝王切開手術の同意書をもらわなくては、と意気込んで圭介《けいすけ》の病室に乗り込んでいた。ベッドはもぬけの殻《から》だ。テレビがつけっぱなしのままで、急にいなくなったことがうかがえる。

「どこ行ったんだろう……」

ふと目を留めたテレビのニュース映像に、たまきは呆気に取られた。

「えっ……⁉」

外では、警察官たちが甘春総合病院のエントランスに「ＫＥＥＰ《キープ》　ＯＵＴ《アウト》」の黄色いテープを張った。封鎖された甘春総合病院は完全に事件の現場となってしまった。

ハイブリッド手術室の前では、ストレッチャーに乗せられたままの塚田が苦しみ続けている。塚田のために呼び出された辻村は容態を案じて声をあげた。

「他に執刀《しっとう》できそうな医師は⁉」

「オペ室は今、どこもいっぱいです！」

　そばにいた看護師に即答されて辻村は諦めるしかなかった。

「何としても持たせるしかないか……」

　裕乃はなにもできず、ストレッチャーのそばで不安げな顔で黙っている。そこへ圭介を探して歩き回っていたたまきが来た。

「ねえ、立てこもりってどういうこと？」

「大変なんです！　鏑木先生が……」

　裕乃は現れたたまきにすがりついた。状況を確認したたまきの顔が怒りで赤くなった。病院でそんな乱暴など絶対に許されるはずがない。

　鏑木はナイフを喉元《のど》に突きつけられたまま後ろから引っ張られ、苦しい体勢を続けている。首にナイフが突き刺さるのも恐ろしいが、それより先に腰が死にそうだ。

「腰が……せめて腰のストレッチを……」

「うるさい！　黙れ！」

　あっさりと願いを却下された時、鏑木の腰が限界を迎えた。

　モニターが並ぶハイブリッド手術室のコンソール前で、灰島は技師たちに向かってこれからの対応を説いた。

「いいですか？　声を荒げるなど、犯人を刺激するような言動は絶対に控えてください。感情を逆なでし、鏑木先生の命が危険にさらされることになります」

技師たちは真剣にその言葉に耳を傾けた。

皆が、これからの対応について気を引き締めている横をすごい勢いでたまきが通り過ぎた。ずかずかとやってきた怒り心頭のたまきは、手術室の扉を叩いて立てこもり犯をいきなり怒鳴りつけた。

「ちょっとあんた！　舐《な》めたマネしてんじゃないわよ！　今すぐそこから出てきなさい！」

たまきの暴走に技師たちは仰天《ぎょうてん》した。

「たまきさん、落ち着いて……！」

「犯人を刺激しちゃダメなんですよ！」

軒下と田中が慌ててたまきを止めようとするが、たまきはまったく聞く耳を持たない。

「あんな奴の言いなりになっていいわけ⁉」

激しい剣幕に二人がひるむと、たまきはさらにマイクに向かって怒鳴り散らした。

「聞こえてるんでしょ⁉　さっさと出てきなさい！」

「黙れ！　殺すぞ！」

苛立《いらだ》った立てこもり犯はナイフを鏑木の首にぴったり押しつけた。鏑木の口から「ひい！」と悲鳴が漏れる。

「殺せるもんなら殺してみなさいよ！」

煽りまくるたまきの非情な言葉に、鏑木は生きた心地がしなかった。

「やめてぇ……」

「そんな老い先短いじいさん殺して、自分の人生棒に振ってもいいっていうなら殺しなさい!!」

たまりかねた小野寺が「威能、悠木！」とたまきを止めにかかった。たまきが二人に引っ張られてマイクから離れると、今度は灰島がマイクに向かった。

「院長の灰島です。あなたの要望は何ですか？　教えてください」

中からは返答がない。

「この病院を代表する者として、できる限り善処いたします。冷静に話し合いましょう」

「……妻を……夏希を助けてくれよ！」

その言葉にたまきが即座に反応した。

「圭介⁉　圭介なの？」

灰島が振り向いてじろっとたまきを睨んだ。今まで鏑木の背中に隠れて見えなかった男が顔を出した。手術室内を映し出すモニターに立てこもり犯の顔が映った。圭介だ。

「どうしてこんなこと……」

「俺は絶対許せない。なんであんな奴が助かって……夏希だけあんなことに……。悪いのは飲酒運転した、アイツじゃないか！」

圭介の悲しい叫びがその場にいた者たちの胸をえぐった。

「あんな奴助けるくらいなら、妻を助けてくれよ！」

この犯人は、昨日の――。妊娠したまま昏睡《こんすい》状態の夏希のことを思い出した鏑木から恐怖の色が抜け落ちた。

「夏希が助かるまで……俺は絶対、ここを動かない！」

人を助けることが使命の、灰島をはじめ医療に携《たずさ》わる者たちはこの訴えを無視することはできなかった。自分たちの無力さを思い知らされた。

病院内が慌ただしくなる中で、唯織はひとり、夏希のいる集中治療室のデスクでじっとモニターを見つめていた。夏希の脳のＭＲＩ画像だ。ここには、病院内のざわめきも外の喧騒も入ってこない。白く、静かな空間だ。

唯織は今、裕乃の言った「絶対に乗り越えられない壁」を越えようとしていた。圭介が言うように夏希はまだ生きていた。生きているうちになんとかもう一度、彼らを繋ぎ合わせたい。夏希の脳を何層にも分けて撮影したＭＲＩ画像に唯織は没入する。唯織の目は画像の層と層を繋ぎ、夏希の脳を立体的にとらえた。数枚のＭＲＩ画像だけが、夏希の真実を、声なき声を写し出している。どこかにあるかもしれない。目を凝《こ》らし、何度も同じところを行きつ戻りつ、深遠な脳の迷宮に分け入って唯織は探し続けた――夏希の生きている部分を――。

「まだここは……もしかして……」

　脳の左半球、大脳のひだの一点を注視して、モニターにぐっと顔を近づけた。

　見えた――

　唯織は暗闇《くらやみ》で夏希を見出《みいだ》したような気持ちになった。唯織が、静かに口を開いた。

「夏希さん、お腹の赤ちゃんは元気に育っています。でも、このままだと……命が危険かもしれません。力、貸してもらえませんか？」

　意識を失っている夏希からは返事がない。

　そこに看護師が入ってきて、唯織に声をかけた。

「五十嵐《いがらし》さん、ちょっと……」

　集中治療室の外で、唯織は立てこもり事件のことを聞かされた。事態は想像していたよりはるかに悪く動いていた。集中治療室に戻ると、夏希にもう一度呼びかけた。

「夏希さん、ちょっと待っててくださいね」

　そう言い置くと、急ぎ足で部屋を出た。

　表では、封鎖されている甘春総合病院の敷地内に、入院患者の家族たちが続々と集まってきた。事件を聞きつけ、心配して駆けつけたのだ。そのうちの一人が、警備をしている警察官に食ってかかった。

「どうして中に入れてもらえないんですか!?　このあと、妻のオペがあるんです！　入れてください！」

「安全の確認が取れるまで、しばらく中に入れません。ご理解ください」

警察官はにべもなく突っぱねた。

「そんな……」

手術を控えた妻と引き離され、不安に襲われた男性が、眼前にそびえ立つ病院を呆然《ぼうぜん》と見上げた。

同じように、入院患者たちも不安に落ち着きを失っていた。ニュースを聞きつけ、院内各階のナースセンターで患者たちは「何かあったんですか」と尋ねだした。

ざわざわとした不穏な空気が、カテーテル治療を待つ鳴海海斗の病室にも流れ込んでいた。今も母親はそばにおらず、海斗はひとりでベッドに横たわっていた。鏑木の事件を知った主治医の大森渚《おおもりなぎさ》は、海斗のことを気にかけて病室を訪れた。渚の心配をよそに、海斗は元気な声で渚に尋ねた。

「ママは？」

渚はベッドのそばに腰かけて、海斗に優しく語りかけた。

「もうすぐお仕事が終わって、来てくれるわよ」

すぐにでも来てくれるかと期待していた海斗が素直に頷いた。非常線を張る警官たちが大声を張り上げたのが聞こえる。自然な流れで渚はカーテンを閉めてその音を和《やわ》らげた。

ハイブリッド手術室に急ぐ唯織が、エントランス外の様子を垣間見《かいま》た。警察官に阻《はば》まれ、中に入れずにいる人々の不安な顔で覗《のぞ》き込んでいる。病に苦しむ多くの人と、その人を心から心配する人々を救わなくては。それにはまず、圭介を救わなければならない。今、夏希の脳に小さな希望を見たばかりの唯織は手術室へと駆け出した。

唯織と入れ違うように、甘春総合病院にはついに警察の特殊部隊、ＳＩＴ《シット》が到着した。警察車両から、透明な盾を持った隊員たちがぞろぞろと降りてくる。そのまま病院のロビーへと侵入すると、腰を低くした体勢でゆっくりと進んでいった。

エントランス外の様子を見に来た田中が、ＳＩＴの侵入に目をむいた。

「まずいまずいまずい……」

口をあわあわとわななかせながら、田中はもと来た道を駆け戻った。

圭介が立てこもるハイブリッド手術室に、唯織が到着した。

「五十嵐さん……」

裕乃は唯織の姿を目にして少しだけ安心した。唯織ならもしかしたら圭介を説得できるかも、という淡い期待があった。

「お前、どこ行ってたんだよ……」

悠木が唯織に文句を言った時、圭介を説得できずもどかしい思いをしていたたまきが口火を切った。再びマイクに向かって話しかけたのだ。

「圭介、聞こえてるんでしょう？　私、たまき！」

これ以上犯人を刺激されては困る。たまきを止めようとして、灰島は思い直した。相手がたまきの知り合いとわかった今、他に打つ手も思いつかない。

たまきが続ける。

「あんたが立てこもってる場所は、病院なの。わかるよね？　ここには、あんただけじゃない。大切な家族を持つ人たちが、たくさん集まってる」

圭介はその言葉にじっと聞き入った。

「この病院が機能しなくなれば、何百人という人の命が失われるかもしれない」

たまきの言うことは決して大袈裟《おおげさ》ではない。すでに入院患者の家族が押しかけ、不安にさらされている。このまま手術や治療ができなければ助かるはずの命も助からなくなってしまう。ここに入院している海斗だってその一人だ。治療を待ち、母親がやってくるのを待っている。

「みんなが安心して暮らせる日常がなくなるの。あんた……それでいいわけ⁉」

たまきの真剣な言葉を皆、それぞれの想いで聞いた。

先ほどまで無茶な要求をしていた圭介は黙ったままだ。灰島やラジエーションハウスの面々は固唾《かたず》をのんで動きを待った。

「……じゃあ、どうしろって言うんだよ？」

やっと口を開いた圭介の手が震えた。その指には、夏希とお揃《そろ》いの指輪がある。圭介がナイフを放した。ナイフは音を立てて手術室の床に跳ね返った。鏑木が小さく息をついた。たまきの目いっぱいに涙がたまっている。

「俺はどうしても諦められない……。妻は……夏希は、あと少しで母親になれるんだ……。あいつがあのまま……子供に会えないまま死んだんじゃ……意味ねえんだよ！」

誰もなにも言えなかった。夏希を諦められない気持ちは、痛いほど伝わってくる。全員、身動き取れないままその場にフリーズした。やはり黙っていた唯織がふっと動いた。

「たまきさん、代わります」

たまきは唯織にマイクの前の位置を譲った。唯織は、マイクを通して圭介に語りかけた。

「放射線技師の五十嵐です。僕から圭介さんに、ひとつ提案があります」

技師たちは、唯織が何を言い出すのか想像がつかなかった。この絶望的な状況で、提案できることなどあるだろうか。

「夏希さんの気持ちは、夏希さんにしかわかりません。だから……ご本人に直接、話してみませんか？」

唯織は穏やかな調子でそう言った。

度肝《どぎも》を抜かれた軒下は思わず唯織に詰め寄った。

「おい、何言ってんだよ……」

「彼女はもう……」

裕乃ですら、唯織の提案には賛成しかねた。唯織はそのまま話を続けた。

「会話することはできません……。ですが、検査画像を見る限り、判断や記憶、心の動きを司《つかさど》る脳の領域は、まだ機能している可能性があります。圭介さんの想いを、今なら伝えることができるかもしれません」

圭介の目が大きく見開かれた。

夏希の記憶が。心が。まだ機能している？


――私たちが出会った日も、圭介にプロポーズされた日も、この子の妊娠がわかった日も、いいことあった日は、全部雨の日なんだよ――

夏希が懐かしい、忘れがたい思い出を語る声が蘇《よみがえ》る。

難しい顔でこのやりとりを聞いていた灰島は、唯織の話が信じられなかった。

「そんなこと、どうやって……」

「少しだけ、僕に時間をください」

唯織は、澄《す》んだ目でそう言った。

「五十嵐……？」

唯織の言動をよく知る小野寺は、唯織が嘘《うそ》も方便とばかりにありえない話を持ち出したのではなく、なにか確信があってのことだとわかった。しかし、どうやって？　灰島同様、誰にも唯織の試みを想像できずにいた。

ガチャリ、と鍵の開く音に全員が振り向いた。ついにハイブリッド手術室の扉が開いた。立てこもりを続けていた圭介が、姿を現した。その顔はやつれ、焦燥《しょうそう》していた。

「圭介……」

たまきはほっと一息をついた。解放された鏑木も手術室から出てくる。すぐさま軒下と悠木が心配して声をかけた。

「副院長！」

「大丈夫ですか⁉」

鏑木は、情けない姿勢で腰をかばっている。

「腰が……‼」

唯織はそれにかまわず先を急いだ。

「行きましょう」

圭介を連れて夏希の待つ集中治療室へ向かおうとしたところ、ＳＩＴの侵入を確認した田中が転がるように走ってきた。

「大変です！　警察がすぐそこまで……」

一難去ってまた一難。このままでは、せっかく圭介が夏希との最後の会話をする機会を警察に奪われてしまうことになり、立てこもり犯として身柄を拘束されるに違いない。

ラジエーションハウスの面々は、新たな危機に直面した。一番心配をしているのがたまきだ。何としても夏希と話してほしい。こんな切ない事件で罪に問われるなんてあんまりだ。

「私に、考えがあります」

威能が突然口を開いた。手には昨日、裕乃が回収した海斗のおもちゃのナイフがある。

「技師長」

威能は迷わず小野寺に視線を合わせた。

「あなたしかいません」

「え？　なに？」

小野寺は、一抹《いちまつ》の不安を感じた。

武装した警察の特殊部隊、ＳＩＴの隊員たちが続々と甘春総合病院の廊下を進む。黒ずくめの隊員たちが安全を確保しながら迫ってくる。「犯人を確認次第、確保しろ」という司令の声が、ヘッドセットから漏れた。先頭の隊員が構えているのは、本物の銃だ。

ＯＫサインを出した隊員が最後の角を曲がり、ついにハイブリッド手術室前へと侵入した。

「鏑木先生！　あなたのやり方は間違っている！」

大きな声をあげたターゲットに隊員が素早く銃口を向けた。狙われたのは小野寺だ。その手にはナイフが握られている。海斗が忘れていったおもちゃのナイフだ。

「たかが技師の分際で何がわかる！　コブラを総肝動脈《そうかんどうみゃく》まで上げた方が安定していい時もあるんだよ！」

ナイフを向けられている医師――鏑木は小野寺に負けじと言い返している。明らかに緊張感のない言い争いにＳＩＴの隊員たちは呆気に取られた。通報では、医師がナイフを持った立てこもり犯に人質に取られているはずだったのに、対等に渡り合って口ゲンカをしていたのだ。

隊員たちが武装解除した頃、唯織とたまきは圭介と灰島を連れて先を急いでいた。

小野寺と鏑木が隊員たちの注意が引きつけ、攪乱《かくらん》している間に圭介と夏希を会わせる作戦だ。

小野寺がナイフで鏑木に斬《き》りかかったが、「右！　左！　右！」と二人は呼吸を合わせて殺陣《たて》のように乱闘を演じているだけで、まるで殺気が感じられない。

「いえ、フックをセリアックに留置するべきだ！　スパズムが起こったらどうするんだ」

小野寺が遠慮なくナイフを鏑木に突き立てる、はずだが、プラスチックの刃がパコッと音を立てて引っ込んだ。おもちゃのナイフであることに気づいた隊員はあきれかえった。

「うわー、私の腕で、スパズムなど起こるわけがないだろ！」

「この石頭！　フック使えって言ってんだよ！」

「黙れ、顔面岩石！」

「うああっっ！」

おもちゃのナイフで鏑木の腹を刺す。

「うっ、やめろ」

鏑木の手で弾《はじ》かれたナイフはＳＩＴ隊員の足元に転がった。脱力した隊員がおもちゃのナイフをまじまじと見下ろした。

「医療現場ではよくあることなんです」

軒下が涼しい顔で言った。

「治療方針を巡るただのケンカです。ケンカ」

悠木が続く。

「本番前にああやって感情をぶつけ合うことで」

「緊張がほぐれるそうです！」

威能と田中が、むちゃくちゃな理由でこの茶番を締めくくった。ラジエーションハウスのメンバーは一丸となって、打ち合わせ通りにＳＩＴたちを煙《けむ》に巻いた。

もういいというのに、小野寺はまだ熱演をやめない。

「うるせえ、ジジイ！」

「お前もジジイだろ！」

腰が痛いはずの鏑木も、小野寺に煽られて熱くなっている。ジジイだの石頭だの、演技とはいえ聞き捨てならない。微妙に普段の本音が見え隠れした結果、くんずほぐれつの戦いになったと思うと、小野寺は鏑木の腰を狙いコブラツイストをかけた。

そこへ、

「鏑木先生、お願いします」

裕乃が鏑木に声をかける。小野寺と鏑木のケンカは嘘のようにピタッとやんだ。

「すっきりされましたか？」

「うん、スッキリ」

鏑木が颯爽《さっそう》と手術室へと向かう。

「ご武運をお祈りします」

小野寺もまるでケンカなどなかったかのように丁重に鏑木を見送った。狐《きつね》につままれたようなＳＩＴの隊員たちは、お互いの顔を見合わせた。

「とりあえず……あの男を確保だ」

隊員の一人が小野寺に狙いを定めた。これほどの騒ぎの張本人だ。手ぶらで帰るわけにもいかない。

「詳しいお話を聞かせていただけますか?」

「えっ」

慌てる小野寺の両腕を隊員ががっしりと摑んだ。小野寺が周囲を見回して助けを求めた。

「あ、あれ……話が違うんだけど。聞いてねぇぞ、おい、威能!」

技師たちは小野寺が速《すみ》やかに連行されていくのを静かに見送る。悠木がぽつりとつぶやいた。

「技師長、帰ってこれますかね?」

「犯人顔ですからね……」

威能はわかっているという風に返事をした。この芝居を発案した威能は、そこまで計算して小野寺をキャスティングしたのだ。

苦しみ抜いた塚田がやっとハイブリッド手術室に運ばれた。ただでさえ急を要する患者なのに、時間を大きくロスしている。鏑木はモニターの画像を見た。塚田の体内の血管がしっかりと映っている。

「脾動脈《ひどうみやく》の仮性瘤の破裂か……。よし、穿刺針《せんししん》」

「わかりました」

　軒下と田中が同時に返事をした。

　穿刺針とガイドワイヤーを軒下が用意する。塚田の鼠径《そけい》部に穿刺針が刺さり、そこから鏑木がガイドワイヤーを体内へ入れた。ガイドワイヤーの助けを借りてカテーテルを細い血管内へと導いていく。その間、田中は薬剤を注入するインジェクターの調整を担当している。それぞれが塚田の命を救おうと必死だ。

　IVR手術は、体内の画像、この場合は血管を映し出しながらリアルタイムで手術する。ちょっとのミスが大出血に繋がることもありうる。神業《かみわざ》とでもいうべき複雑な作業には、チームでの連携が欠かせない。鏑木はテキパキと処置を進めていく。軒下と田中が鏑木の手術が淀《よど》みなく進むようにしっかりとサポートに回っている。

　ハイブリッド手術室で行われている治療の様子を部屋の外からじっと見守っていた裕乃の脳裏に、昨日の小野寺の言葉がよぎった。

　――俺たちにできることは、ただ目の前の命と、対等に向き合うことだけだ。

　その言葉の通り、鏑木、軒下、田中の三人は全力で塚田の命と向き合っている。

　唯織は、また別な形で必死に命と向き合おうとしていた。

集中治療室にいた夏希はラジエーションハウスのMRI検査台へと運ばれた。

「夏希さん、少しだけ頑張ってくださいね。これ、頭につけますね」

唯織が夏希の頭部を固定する器具を上から被せた。すでに夏希の頭にはヘッドフォンが装着されている。

届いてほしい。唯織は最後のチャンスに望みをかけた。たまきがMRIの台を操作して夏希の体を装置内に移動させていくと、唯織は夏希の体に繋がれているケーブルをさばいた。

コンソール前では、圭介が肩を落として待っていた。意識の戻らない夏希と会話を行うという難題を目の前にして、自分の心をどう整理していいかわからない。それは耐えがたい苦痛だった。控え室から流れてくるテレビの台風情報の音声が、圭介の心をさらにかき乱した。

そこに手術を終えた軒下と田中が戻ってきた。軒下の顔は得意げだ。

「塚田のIVR、無事終わったぜ」

「飲酒運転のこと、ちゃんと警察にチクっときましたよ！」

田中は、立てこもり騒ぎで来ていた警察に、塚田の飲酒運転のことを伝えた。命と向き合うことと、罪に向き合わせることはまた別の問題である。

裕乃はそれとは別なことを心配している。

「技師長は大丈夫ですかね⁉　全然戻ってきませんけど……」

「犯人顔ですからね……」

発案者の威能は、またしても他人事《ひとごと》のようにうそぶいた。

「人選がリアルすぎたんですよ」

そんな威能をとがめるように悠木がつぶやいた。

ラジエーションハウスのメンバー、それに院長の灰島や鏑木までが圭介のために動いてくれたことにたまきは感謝した。

「みんな……ありがとう」

その声で、うなだれていた圭介も立ち上がって、技師たちに向かって深々と頭を下げた。

「……すみませんでした」

ただ、問題はまだ解決していない。唯織が言い出した「語りかけ」が本当に可能なのか、技師たちも灰島も半信半疑だ。そこへ、準備を終えた唯織が皆の前に現れた。真剣な眼差《まなざ》しのまま静かに、

「みなさん、お待たせしました」

と言うと、コンソールのモニター前に立った。

やっと警察から解放された小野寺が疲れた顔でラジエーションハウスへ戻ろうとしてい

た。完全に威能にハメられた気分だ。

「なんなんだよ、ったく」

小野寺が凝ってしまった肩を自分で揉《も》んでいると、向かいから無事手術を終えた塚田を乗せた車椅子がやってきた。塚田の車椅子を押しているのは、二人の刑事だ。田中のチクリが功を奏した。

「だから、ほんのちょっとしか飲んでないんですって」

「それはあとで聞くから」

車椅子に乗っている塚田が抗弁するが、刑事たちは取り合わずに車椅子を押し続ける。いつまでも往生際悪く、反省の色もない塚田とすれ違った小野寺が、振り向いて刑事たちに声をかけた。

「……あのー」

刑事たちが立ち止まると、塚田も不審そうに振り向いた。

「あの装置は、脳の活動を画像化することで、夏希さんの脳の動きを確かめることができます」

説明を真剣に聴く圭介がじっと唯織のことを見つめた。

「人間の持つ力で、最後まで残るのは聴覚だと言われています。喋《しゃべ》ることはできなくても、まだ圭介さんの声が彼女の耳に届くかもしれません」

皆、固唾をのんで唯織の話を聞いた。

ＭＲＩ装置を唯織が作動させると、夏希の脳内活動を示す画像がモニターに映し出された。無機質な脳の断面がモノクロームで表示されている。

「圭介さんの想いを伝えてあげてください。彼女は今、生きています」

生きている——その言葉に押されて、圭介はマイクの前に立った。目の前には愛する夏希が横たわっている。

一連の流れを見守っている灰島の眉間《みけん》に皺《しわ》が寄った。

「本当に大丈夫なのか？　眠っている患者と話すなんて……」

他の技師たちも、なんとも答えようがなく黙って事態を見守っている。強い信頼に足る唯織のことだ。ラジエーションハウスの仲間たちは、どこかでこの試みが成功することを信じていた。

唯織が圭介におだやかな声で話しかけた。

「どうぞ。このマイクで話しかけてあげてください。彼女に言葉が届いていた場合、脳のこの部分、ウェルニッケ野が活動し、黄色く光ります」

唯織がモニターの脳の右下の一点を指さした。

言葉を返してくれない相手だ。脳の画像と、目の前の夏希がなかなか繋がらず、圭介は逡巡《しゅんじゅん》した。本当に声は届くのか。もしダメだったら、自分はどうなってしまうんだろう。

じっと立っていた圭介が、マイクに口を近づけた。

「夏希……」

圭介が祈るように夏希を呼んだ。

「俺だぞ？　わかるか？」

モニターに反応はない。

「短い言葉だけです。その言葉だけ何度も繰り返すように言ってください」

唯織が言った。

「そんなこと言われても……」

伝えたいことが山ほどあるのに、どの一言を選べばいいのか圭介は迷った。ポケットからくしゃくしゃになった手術の同意書を取り出す。どうしてもサインできなかった同意書だ。

「夏希……俺はどうすればいい？　どうすれば……」

夏希はその問いに答えることができない。ただ静かに横たわっている。

「俺には決められない……。頼むから夏希……どうすればいいか、教えてくれよ！　教えてくれよ！」

モニターの画像には、まったく変化がない。夏希の脳は活動を停止したまま、圭介の声だけが虚《むな》しく響いた。見守っていた仲間たちも、不安が募ってきた。

「やっぱり……難しいんじゃ？」

田中の声には唯織の試みを疑う響きがあった。他の技師たちは何も言えず、ただ見守るしかなかった。

沈黙が続き、テレビの音声だけが空虚に流れた。

『現在台風は伊豆《いず》諸島上空にありゆっくりと移動を続けています。伊豆諸島に大雨特別警報が――』

圭介が思い出したように、技師たちの方へ振り返った。

「……今夜は、雨ですか？」

唐突な質問に、一瞬時間が止まった。唯織がその質問に答える。

「台風が接近中なので、雨予報ですよ」

絶望しかけていた圭介の目に光が戻った。

「夏希、聞こえてるか？　今夜は、雨だぞ」

夏希はその声に反応せず、静かに横たわっている。

「今夜は雨だぞ」

その声は力強く、夏希の脳に深く語りかけた。

「雨だぞ」

圭介は思い出していた。

雨の日のことを。

圭介が夏希と出会った日のこと。あの日も確かに雨が降っていた。

高層ビル街の移動式カフェで、圭介は夏希に出会った。

――懐かしいな……俺は、三つもコーヒー買っちまって両手いっぱい、どしゃ降りなのに、傘も開けないで。普通、そこまで親切にしてくれないだろうに、夏希のやつ、わざわざカフェカーから出てきて傘に入れてくれて――

「雨だぞ」

――プロポーズした日も――なんでこんな大事な日に雨降ってくんだよって。プロポーズが台無しじゃねぇか、って思ったけど、やってみたら結構ドラマチックだったりして……ひざまずいて全身濡《ぬ》れまくった俺を夏希が笑って。そんで、プロポーズ成功！　あの時はやった、って最高に興奮したよ――

「雨だぞ」

──それで、この子が──お腹にいるってわかったあの日も雨──

「雨だぞ!」

──夏希は言っていたじゃないか──だからこの子も……絶対雨の日に生まれてくる、早く会いたいな、って──

「雨だぞ!　夏希……!」

圭介の叫びが技師たちの胸に突き刺さる。
全身全霊の叫びだ。
今ここで届かなければ、永遠に、もう絶対に叶わない。

「雨が降るぞ……!」

圭介の声が震える。

その時、モニターの脳画像、さっき唯織が指さした箇所《かしょ》が黄色く光った。

小さな光を裕乃は見逃さなかった。

「光った……！」

裕乃がその奇跡に息をのんだ。生まれた黄色い光は、すぐにオレンジ色へと変化し、オーロラのように明るく揺れ動いた。唯織が静かに圭介に告げた。

「夏希さんの脳が反応しています。圭介さんの言葉は、ちゃんと夏希さんに届いています」

「……夏希のやつ、言ってたんです。雨の日に必ず、お腹の子は生まれてくるって……」

ＭＲＩ装置の中にいる夏希の様子は、外からではまったく変わりがない。しかし、ＭＲＩ装置とモニターは、確実に夏希の脳の活動を記録していた。

夏希は深い深い闇の中で、心から愛する圭介の言葉を確かに聞いた。

雨は、まるで夏希の意志を受けたかのように天から降り注ごうとしていた。

これが、夏希からの返答。雨の日に赤ちゃんは元気に生まれてくるという最後のメッセージだと、圭介は信じた。泣き崩れそうなのをこらえると、圭介は唯織たちに頭を下げた。

「夏希の子供を……俺たちの子供を、助けてください……」

「産科に連絡！　すぐにオペの準備だ！」

灰島が即座に指示を飛ばして手術を実現させるべく動いた。威能と悠木が勢いのいい返事とともに動き出した。圭介がやっとの思いで書類にサインした。放心状態のまま、震える声で唯織に尋ねた。

「これで……よかったんですよね？」

「……我々には、生きる義務があります。大切な人の想いを忘れずに、共に生きていく義務が」

圭介の目から大粒の涙がこぼれた。

これで本当にお別れ――夏希が子供の顔を見ることができないのがどれほど悔《くや》しいことか。

その場にいた皆が圭介の苦しみを察してじっと黙った。

息がつまるような命のやりとりを、小野寺に車椅子を押されてやってきた塚田も見守っていた。

「これがあんたのしたことだ」

小野寺にそう言われた塚田の顔は、先ほどまでの不貞腐《ふてくさ》れた表情から神妙な面持《おもも》ちに変わっていた。

ポツリ、ポツリとアスファルトに雨が染みを作ったと思うと、ザーッと激しい音とともに本降りとなった。

ついに甘春総合病院まで、台風の雨雲が到達した。それが合図になったかのように、緊急手術で夏希の帝王切開が始まった。

雨が街に降り注ぐ。雨が街を洗い流す。

「赤ちゃん、出ます」

担当の産科医が赤ちゃんを夏希のお腹から取り上げた。その途端に、大きな産声《うぶごえ》が手術室に響き渡った。元気な女の赤ちゃんだ。

無事出産を終えた夏希は集中治療室に戻った。圭介は夏希に顔を寄せて、優しく優しく声をかけた。

「……夏希、よく頑張ったな。やっぱり……いいことあったな」

圭介の胸はいっぱいになった。

ベッドサイドには保育器に入った夏希と圭介の赤ちゃんがこちらを向いて、あ、あ、と可愛《かわい》い声をあげている。

初めての母子の対面がこのような形になるなんて。再び涙が込み上げてきた圭介の背中をたまきが叩いた。

「しっかりしなさいよ。『お父さん』」

「……はい」

たまきに励まされ、圭介は涙をこらえて頷いた。

甘春総合病院に雨が降り出した頃、杏《あん》のいる美澄島《みすみじま》には先ほどよりさらに激しく雨が打ちつけていた。昼だというのに、太陽は鉛《なまり》色の雲で覆い隠されている。

台風特有の横殴りの雨が、容赦《ようしゃ》なく降り注ぐ。暴風雨に襲われた小さな島の地盤は一気に流れ込む大量の水に、耐えられなくなっていた。間もなく、あちこちで土砂《どしゃ》崩れが発生した。大規模な土砂崩れが来るのも時間の問題だ。

島の集落では役場の職員、浜田良男《はまだよしお》が大雨の中、一軒一軒を覗《のぞ》いて回っていた。片手で押さえているレインコートのフードはもうなんの役目も果たしていない。全身びしょ濡れになりながら、逃げ遅れがないよう必死に呼びかけた。通りで大声を出して注意喚起するが、その声も雨音にかき消されそうだ。

「山で土砂崩れが起きました！　この辺も危険かもしれません！　急いで避難してください！」

またどこか山の方でのり面が崩れる低い地鳴りが聞こえた。

この辺りはどこも海を前に、山を背にして家が並んでいる。口々に声をかけあいながら、家から島民が次々と出て避難所へと向かった。わずかに持った荷物でさえ風に飛ばされそうだ。

職員の浜田が、房子《ふさこ》の家の前の自慢の井戸が泥水にのみ込まれてしまっているのに気づいた。もうここが崩れるのも時間の問題かもしれない。予想をはるかに上回る台風の強さに、浜田は恐怖を覚えた。

「達郎《たつろう》さんたちも急いで！」

浜田の声に、フェリー乗り場で房子を親しく『フサバア』と呼んでいた木内《きうち》達郎と元太《げんた》の父子が顔を見せた。房子のために車椅子を運んでくれた二人は、今も房子のことを気にかけて連れに来たのだ。

「ああ、わかってる！」

家々の間の狭い通路を息子の元太をかばいながら小走りになった達郎が、振り返った。

「フサバア！　早く！」

呼ばれて、黄色いレインコートを着た房子が小走りにやってくる。達郎が無事を確認して先に進もうとした時、房子がまた胸を押さえてうずくまった。

「うっ……」

房子はそのまま水たまりの中に倒れてしまった。倒れた房子に雨が叩きつける。元太が異変に気づいて振り返った。

「お父さん、フサバアが！」

先を急いでいた浜田も元太に続いて房子の異常に気づいた。

「房子さん⁉」

「またか……。おい、フサバア！　大丈夫か⁉　おい！」

駆け寄って戻った達郎は、房子に声をかけた。しかし、房子は呼びかけに応えず、顔をしかめて体を硬直させるだけだ。

甘春正一《しょういち》の診療所の電話が鳴った。

嵐に閉じ込められていた杏は、一体誰がかけてきたのかと不思議に思いながらも白い受話器を取った。

「はい、甘春です」

「もしもし、お医者さん？　助けて！　フサバアが！」

房子の異変を知らせる電話に、冷や汗が流れた。昨日、房子を検査しても異常は見つからなかったのにどうして——。

杏は診療所の前に出て、房子が連れられて来るのを待った。診療所の玄関先にも風と雨が容赦なく打ちつけてくる。ほどなくして、軽トラックが雨に煙《けぶ》る道の向こうからやってきた。

「こっちです！」

雨の中、杏が両手を大きく振って軽トラックに合図をした。達郎の息子、元太と役場の浜田も軽トラックを追って走ってきた。

運転をしていた達郎は軽トラックを診療所の手前に停《と》めると、房子を両腕に抱えて降ろした。

「フサバア！　しっかりしろ！」

「奥に運んでください！」

達郎は房子を励ましながら診療所の中へと運んだ。一見して房子の様子はかなり悪い。昨日のような回復は望めそうに見えない。何度も呼びかける達郎に返事をすることもできず、青ざめた顔のままベッドに寝かされて、胸を手で押さえている。

「フサバア！　フサバア！」

目の前で苦しがる姿が心配でたまらず、元太が何度も呼びかけた。元太の父親、達郎も心配そうだ。

「先生、フサバアは大丈夫なんだよな⁉」

杏は急いで、房子に聴診器をあてて様子を確かめた。

「心雑音……。胸の検査を行います」

平静時には問題がないように見えた房子の心臓は、やはりなんらかの病を抱えていた。X線検査を行うために、診療所に設置されているレントゲン室の扉をバンと開いた。もともと小さな診療所ではあるが、レントゲン室はさらに狭く、まるで物置のような空間だった。そこにあるのは、壁に備え付けられている木製の椅子と、旧型のレントゲン検査機だ。

「旧型って……」

こんな古い型のレントゲンなど使ったことがない。

房子の胸部レントゲン写真が自分に撮れるのか。苦しんでいる房子を前に、杏の胸に焦りが募った。

雨が容赦なく打ちつけて凄《すさ》まじい音を立てていた。古い機器とともに小さな診療所に降りこめられた杏は孤立感を募らせた。


杏の不安をよそに、甘春総合病院では立てこもり騒動が解決し、安心して入院患者の家族たちが面会に来ることができるようになった。大変な心配ごとが去ったあとの再会に、皆笑顔だ。そんな中、六歳の海斗はベッドでひとり寂しく時を過ごしていた。体の具合もなんだか良くない。遊ぶ元気も出なかった。面会が再開されても、海斗の母親はやってこなかった。他の部屋に次々と面会の人が来て楽しそうにしているのを、海斗は羨《うらや》ましく思った。

裕乃が海斗の病室前を通り過ぎる。どうしてるかな、と病室を覗き込んだ時、海斗の回診に来ていた大森渚に声をかけられた。渚の話を聞いた裕乃は驚いた。

「えっ、今夜カテーテル治療を？」

「状態が不安定で……喀血《かっけつ》して、窒息《ちっそく》する危険がある。広瀬《ひろせ》さん、お願いできるかしら？」

渚に言われて、裕乃は一気に緊張した。

廊下では、辻村がスマホのウェザーニュースをチェックしていた。

『台風の進行は非常に遅く、現在美澄島に進行。相次ぐ土砂災害――』

辻村は、美澄島に行った杏のことが心配でならなかった。


ラジエーションハウスの技師控え室では、唯織たちがそれぞれのデスクについている。立てこもり騒動、ＳＩＴの侵入、ＩＶＲのサポート、圭介の説得など、今日はあまりにも事件が多すぎて、平穏が訪れた途端、虚脱状態だ。その中で、裕乃だけが緊張したまま小児カテーテルのマニュアル本を熱心に読んでいる。

出来たてのカップラーメンをデスクに置いたたまきがさっそく麵《めん》をすすった。

「あ～うまい」

夏希のことはとても残念だが、ひとまず赤ちゃんの命を救った。たまきは気持ちを切り替えるためにごくりとスープを飲んだ。田中と軒下は鏑木をサポートしてきたこの数日の疲れもあり、それぞれがデスクで一息ついた。

「いや～色々ありすぎて、長い一日でしたね！」

「こんな日は、絶世の美女に癒《いや》されたい……」

美女が大好きな軒下らしい発想だが、まじめに勉強している裕乃にははた迷惑だ。

「ちょっと、静かにしてもらえますか⁉」

皆が緊張から解放されている時に、ひとりピリピリしている裕乃が気になって威能は尋ねた。

「なんだ？」

裕乃の代わりに小野寺が答える。

「急遽《きゅうきょ》、今夜、海斗くんのカテーテル治療をやることになったらしい」

「今夜⁉」

急な話に、技師たちが驚いた。裕乃は余計に緊張が増して、小児カテーテルのマニュアル本を持つ手に力が入る。

そこへ辻村がふらっとやってきた。ラジエーションハウスのメンバーと杏の話題を共有したくてわざわざ来たのだ。

「美澄島のニュース見ましたか？　土砂災害だなんて、甘春、大丈夫かな……」

『甘春』という名前に唯織が敏感に反応して鋭く振り向いた。

「何の話ですか⁉」

「……もしかしてみなさん、聞いてないんですか？」

その場が妙な空気になる。杏の身に何が起こったのか、ラジエーションハウスのメンバーたちはお互いの顔を見回した。

その頃、杏は旧型のレントゲン検査機でなんとか撮影した房子の胸部レントゲン写真を確認していた。レントゲンフィルムを透過光で見るためのライトボックス装置『シャウカステン』に撮影したフィルムをかける。しかし、肝心のレントゲン写真はぼんやりしていた。

「これじゃ何も読めない……」

杏の焦りが募る。そこへ連絡に奔走《ほんそう》してくれていた役場職員の浜田が戻ってきた。

「先生！　本土の病院と連絡が取れましたが、この悪天候じゃヘリは出せないと言われてしまいました」

「……そうですか」

ただでさえ孤立しがちな離島の上、この台風の勢いだ。美澄島は今や完全に孤立していた。房子がもし一刻を争う処置が必要な状態だとしたら、致命的なことになってしまう。離島の性質にも、古い診療所の設備にも慣れていない杏はどうしたらいいかわからない。最悪の事態が杏の目の前をちらつき始めた時、スマホに着信が入った。発信者は、五十嵐唯織だ。

すぐさま電話に出る。

「もしもし、甘春です」

「五十嵐です」

その声を聞いただけで、杏は救われた気になった。

いつも唯織は杏を助けてくれた。今回も、もしかしたら……と杏は藁《わら》にもすがる思いでスマホを握りしめた。唯織はスマホの通話をスピーカーモードにして、皆で杏との会話を共有した。

「辻村先生から、今美澄島にいると伺いました。台風が直撃しているとのことですが、大丈夫ですか？」

「実は、胸に痛みを訴える患者さんがいるんです。心電図には異常なくて……。でも診療所にある検査機が旧型で、私一人ではまともにレントゲンすら撮れなくて……」

「旧型……」

裕乃が不安そうに繰り返すと、小野寺が胸を張って杏に告げた。

「大丈夫だ。俺たちが指示を出す」

「あんたは言われた通りにやればいいだけ」

たまきも元気に言った。

「いつもとは立場が逆ですね」

威能はちょっと嬉《うれ》しそうだ。

「技師にできて」

「医者にできないはずねえだろ！」

悠木と軒下も揃って杏を励ます。

「我々の秘蔵テクを、特別に伝授します！」

田中も自信満々、旧型だろうと最新だろうと放射線技師たちは操れる。

唯織がさらに念押しで杏に呼びかけた。

「甘春先生、一緒に頑張りましょう！」

「みなさん……」

杏の心細い思いが一気に消えていった。さっそく唯織がテキパキと指示をしていく。

「近くにリスがあるか確認してください」

「わかりました」

旧型の装置には細かい設定が必要だ。X線が被写体を透過する時に生じる乱反射を抑えて、画像をくっきりと写し出す役目を果たすのがリスホルムブレンデ、略してリスである。

「撮影は座位でお願いします。寝て撮ると心臓が肥大《ひだい》して写る可能性があります」

たまきからも指示が飛んだ。

「管球から一メートル離れて」

杏が管球の位置を変えた。

悠木、威能、軒下、小野寺も続いて、

「リスを背中とカセッテの間に入れてください」

「カセッテの角度をよく見て垂直にX線を入れてください」

「管球電圧は100キロボルトの3・2マスで」

「背中がカセッテに密着するように胸を張ってもらえ」

と具体的な指示を出した。

杏は言われた通り房子に胸を張った姿勢を取らせた。房子はまだぐったりとして、胸の痛みに顔を歪《ゆが》めている。急がなければ。杏はテキパキと準備を整えた。

田中が撮影寸前のアドバイスを伝える。

「撮影する時にできるだけ大きく息を吸ってください」

杏が言われた通りにセッティングした機器を見回して、最後の確認をした。

その時、ふと小野寺が田中の顔を見た。

「お前、いい声だな」

「わかります？」

田中は密かに自慢だった声を褒められてまんざらでもない。対抗意識を持つ軒下は悔しそうだ。そこにたまきの一喝《いっかつ》が入る。

「集中！」

その一言で杏にも気合が入った。

「ポジショニング完了しました。これから撮ります！」

房子が痛みをこらえて、大きく息を吸った。

杏の押したスイッチがカチリと音を立てて、レントゲン検査機が房子の胸部X線写真を撮った。

「終わりました。お疲れ様です。少し向こうで休んでください」

杏が言うと、検査室の前で待っていた達郎が房子を再びベッドに運んだ。

杏は祈るような気持ちで房子の胸部のX線写真を手にした。

それをシャウカステンにかざすと、自分が撮った一枚目のぼんやりした画像とは違って、明暗のコントラストがはっきりとした鮮明な画像が現れた。房子の臓器の様子がよくわかる。

「できた……」

旧型のレントゲン検査機を発見した時にはとても考えられないような、見事な出来栄えだった。強力な相棒たちである、ラジエーションハウスの放射線技師の確かな技術と知識に感謝だ。

「先生……どうなんだ？」

達郎が心配そうに尋ねる。

杏は食い入るように画像を見た。このどこかに病変している箇所があるはずなのに、なんの変異も見当たらない。

「気胸《ききょう》も縦隔《じゅうかく》の拡大も見られず、異常はありません……」

「じゃあ、どうしてあんなに痛がってるんですか？」

一緒にいてくれている浜田が不思議がった。そう問われても、杏には答えることができなかった。レントゲン写真で悪いところが見つからない以上、痛みの原因がなにかは杏にもわからない。横では房子がまだ苦しんでいた。

元太が心配して杏に尋ねた。

「フサバアも死んじゃうの？」

元太の言葉が杏の心臓をぎゅっとつかんだ。

「こら！　縁起でもないこと言うな！」

達郎がすぐに叱《しか》った。しかし、杏が元太の言葉で引っかかったのはそこではない。

「『も』？」

慌てて房子のカルテを見直す。カルテには『家族の病歴　父、心筋症　兄、心不全』『コレステロール値高』とあった。

「コレステロール値が高い……」

房子の血縁が二人も心臓の病で亡くなっている。しかも、コレステロール値に問題があることが父、正一の書いたカルテに記されていたのだ。杏はついに房子の病が何なのか、つかんだ気がした。

「五十嵐、甘春先生から連絡は？」

「いえ、まだ……」

悠木が尋ねる。先ほど、胸部X線写真が皆の助言によりうまく撮れたのを確認したあと、連絡がない。威能と田中も遠くの島にいる房子のことが気になった。

「房子さんの容態、どうだったんですかね？」

「緊急を要する病気じゃないといいですけどね……」

小野寺は、正一が亡くなったことに衝撃を受けていた。

「にしても、まさか正一先生がな……」

正一は、この甘春総合病院を築き上げた人物だ。放射線科医であった正一は、技師である小野寺とのかかわりも深かった。正一の病のことは知っていたものの、実際に亡くなったことを知ると、大きな喪失感《そうしつ》が押し寄せてくる。

「一番辛い時に、一人だなんてね」

たまきは、父親を亡くした杏のことを気づかった。正一と交流があったのは唯織も同じだ。まさかこんな早く亡くなってしまうなんて。アンちゃんの無念さを思うと居ても立ってもいられない。できればそばにいたい。慰《なぐさ》めたい。力になれるならなんでもする。

裕乃は沈む唯織の横顔をじっと見つめた。

「おい、広瀬。そろそろ時間だろ？」

「あ、はい」

小野寺に促《うなが》され、裕乃は小児カテーテルマニュアルを閉じて立ち上がった。

唯織も続いて席を立ち、杏からの連絡を待つスマホをデスクに置いて言った。

「行きましょう」

「……五十嵐さんのサポートは必要ありません」

唯織や他の技師たちが一斉に裕乃のことを見た。

「また甘春先生から連絡があるかもしれませんし、五十嵐さんはここに残っててください」

「でも……」

たまきが裕乃に声をかけた。

「あんたは平気なの？」

「……今日、すごく怖かったんです」

裕乃はゆっくりと話し始めた。

「……病院が封鎖されて、機能しなくなって、今まで当たり前にできた治療や検査ができなくなって……患者さんにまで、不安な思いをさせてしまって」

技師たちは皆が今日の出来事を思い出した。立てこもり騒動が無事に解決し、いま通常の医療体制を維持できているが、もし騒動が解決できずにいたら病院の機能は麻痺《まひ》したままだった。裕乃が感じた恐怖を、誰もが感じた。

「甘春先生は今、あの島を、そんな状況にしないために一人で戦っているんですよね」

裕乃は杏が置かれている状況の厳しさをよくわかっていた。だからこその決意だ。

「私も……負けてられません。海斗くんのことは、私に任せてください」

「広瀬さん……」

唯織は驚きを隠さない。裕乃がこんな風に突然自分の足で歩き出すとは。裕乃は持ち前の勇気で大きな一歩を踏み出したのだ。感慨深い表情で、小野寺は裕乃をたたえた。

「ついに来たか。広瀬にも、補助輪外す時が」

軒下は意地悪く例のセリフを繰り返した。

「失敗すれば患者は死に、お前は訴訟を起こされる」

だが、裕乃はひるむことなく軒下に言い返した。

「望むところです！」

勢いあまって望んではいけないことを望んでしまう裕乃に、皆が笑った。裕乃はこれから始まるカテーテル治療のサポートに向けて、自分を精一杯励ました。

「よし！」

裕乃は気合十分で、ひとりラジエーションハウスを出た。

運ばれてきた海斗とともに、裕乃が血管撮影室に入った。

間もなく、控え室でずっと杏の続報を待っていた唯織に、杏からの連絡が来た。房子のレントゲン写真からは異常が認められずに原因がまだ突き止められていないこと、それから他の原因に思い当たったことを杏は唯織に伝えた。他の技師たちも集まって杏の電話に耳を傾ける。

「コレステロール値が？」

「はい、かなり高くなっていました。お父様もお兄さんも心疾患《しんしっかん》で亡くなられていて、もしかしたら遺伝性の病気が隠れてるかもしれません」

「でも、ＣＴもＭＲＩもないこの島じゃ、これ以上確かめようがなくて……」

杏が、乏《とぼ》しい設備を心もとない気持ちで眺め回した。

診療所の限られた設備で何ができるのか、持てる知識と経験を総動員して対処法を探る。

「甘春先生、踵《かかと》のレントゲンを撮ってみてください」

「踵……！」

もしかして……。杏は唯織の懸念を汲《く》み取った。急いで次の撮影のため動き出す。

技師控え室に繋がる廊下の先の血管撮影室では、裕乃が海斗のためにサポートの準備を進めていた。安らかに眠っている海斗のあどけない顔を見ると、このあとの治療の重要さが重く裕乃にのしかかってくる。海斗が元気になれるかどうかは主治医である渚の治療とそれをサポートする裕乃にかかっているのだ。

「これよりAVFの塞栓術《そくせん》を行います。よろしくお願いします」

AVF――海斗が患《わずら》っている肺動静脈瘻《はいどうじょうみゃくろう》は、肺の血管の病気だ。通常と異なり、血液が毛細血管を経由せずに動脈から静脈に直接流れ込んでしまうのを防ぐための塞栓を行うのだ。

「よろしくお願いします」

この病気は、放っておけば喀血や脳梗塞《のうこうそく》を引き起こす。裕乃はもう一度気合を入れ直した。渚の指示に従い、穿刺針やガイドワイヤーを渡していく。

杏は唯織に言われた通り、もう一度房子をレントゲン室に連れてきた。電話越しに唯織の指示が来た。

「電圧は40キロボルト、電流は100ミリアンペアで、曝射時間は0・04秒でお願いします」

「はい」

唯織の要望に、悠木が不可解そうに尋ねた。

「どうして踵なんか？」

「アキレス腱《けん》を見たいんです」

そう説明されても、威能にはピンとこなかった。

「アキレス腱？」

唯織がさらに説明しようとすると、切羽詰まった杏の声がスマホから聞こえてきた。

「アキレス腱が肥厚《ひこう》してる……！」

唯織が頷いた。

「これは、腱黄色腫《けんおうしょくしゅ》！」

「コレステロールが溜まっている証拠です。房子さんはやはり『家族性高コレステロール血症』だと考えられます」

唯織が静かに診断を下した。高コレステロールと胸の痛みを繋ぐ細い線を唯織は見落とさなかった。杏もすぐその道筋を理解した。房子の病気の正体を杏がつかんだ。

「じゃあ、そのせいで動脈硬化が進行し、労作性狭心症《きょうしんしょう》を……ありがとうございます！」

これならひとまずは安静にしていれば容態が急変することはない。杏の声が弾んだ。

海斗の治療が続く血管撮影室に緊張が走る。

「バイタルが下がっています！」

バイタルサインを監視していた看護師が知らせる。

「血圧下がってるわね。輸液全開！」

渚が鋭く指示を飛ばした。裕乃の顔に焦りが出る。

「輸血、急いで」

血管撮影室で立ち会っていた他の小児科医が渚に懸念を伝えた。

「大森先生、このままでは換気が保てなくなり、心停止する危険があります」

治療が中止に追い込まれる可能性すら出てきた。一瞬、渚が状況判断に迷う間に裕乃は看護師にバスキュラープラグを要求した。

「先生、治療は中止しましょう……」

小児科医が提案した。出血が止まらないことを重く見てのことだ。渚はしばらく考えて、答えた。

「いえ、輸血とカテコラミンで血圧を維持して、出血源である瘻孔《ろうこう》を塞栓できれば肺出血も止まります。広瀬さん、バスキュラープラグを……」

「八ミリで大丈夫ですか？」

最後まで言い終わる前に、裕乃が血管を塞栓するための器具、バスキュラープラグを差し出した。

「お願いします、大森先生」

「はい」

渚はプラグを受け取ると懸命の治療を続けた。

杏の件がひと段落した唯織たちは、血管撮影室のコンソール前に集まってきた。あんなに不安がっていた裕乃は怖気《おじけ》づくことなく、しっかりと渚のサポートを続けている。その堂々とした様子に技師たちは皆感じ入った。そのうち、軒下が鼻をすすり始めた。悠木がそれに気づいて怪訝《けげん》な顔で訊いた。

「え……泣いてるんですか？」

田中はそんな軒下の気持ちを察した。

「広瀬さんが一人で壁を乗り越えて、寂しいんでしょう？」

「ち、違《ちげ》えよ！　花粉症だよ、花粉症！」

軒下は涙をこぼしながら強がりを言うと、メガネを外し目元を拭った。

ラジエーションハウスの放射線技師たちが見守る中、無事、海斗の治療が終了した。渚の手術続行の判断は正しかった。海斗が病室へと帰っていくのを、皆温かい気持ちで送り出した。

病院の待合廊下で海斗を乗せたストレッチャーを見るやいなや、待ち構えていた海斗の母親が我が子の顔を覗き込む。

「海斗」

その声で海斗が目を覚ました。

「ママ……」

待ちに待った母が目の前にいて、海斗は本当に嬉しそうだ。

「お母さん、海斗くん頑張りました」

裕乃は、治療のことだけでなく、入院中に病室でおとなしく待っていた分も含めて海斗を褒めた。

「ありがとうございます、ありがとうございます、海斗……よく頑張ったね……」

母親は海斗をぎゅっと抱きしめた。そんな海斗たちの喜びようを、渚と裕乃が離れたところから見守っていた。

本当に本当によかった。初めて一人でついたサポートだ。緊張した分、嬉しさも大きい。

「お疲れ様。やっぱり私の見る目は間違ってなかったわ」

渚の言葉に裕乃は目を丸くした。

「完璧なサポートでした、ありがとう」

思いもかけない言葉に、裕乃の心拍数が上がる。笑顔がこぼれた顔が赤く上気した。渚に一人前の技師として認められて、天にも昇る気分だ。裕乃は、去っていく渚の後ろ姿に向かって深く頭を下げた。

「ありがとうございました！」

裕乃は胸を張ってラジエーションハウスへと戻っていく。こんなに晴れがましい気持ちは、この仕事に就いて初めてだ。

夏希の出産が終わり、海斗の治療も成功した。美澄島では杏が房子の診断を下すことができた。それと時を同じくして、猛威をふるった台風は進路を変え、陸から離れていった。

第3章

チーム・ラジエーションハウス

　台風が通過していった美澄島《みすみじま》は、穏やかな朝を迎えた。差し込む朝陽《あさひ》に、診療所の仮眠室で寝ていた房子《ふさこ》が目を覚ました。杏《あん》が声をかける。

「房子さん……具合いかがですか？」

「ああ、だいぶ良くなったよ……」

　房子が乱れた髪を手で整えた。それでも以前の元気な様子とはまったく違う。昨日のひどい発作はかなりのダメージを与えていた。

「今後詳しい検査が必要になりますが、房子さんの胸の痛みの原因は、おそらく心臓の冠《かん》動脈《どうみゃく》にコレステロールが溜まり、血の巡りが悪くなっていたせいだと考えられます。特に運動後、必要な血液が十分に行き届かず、胸に圧迫感や痛みが生じていたんです」

「……そうかい」

　房子は驚きもせずにすんなりと受け入れた。

「……もしかして房子さん、ご自分の病気について、薄々気づいていたんじゃないですか？」

その問いに、房子は答えない。

「亡くなられたお父様も、お兄さんも、同じ病気を患《わずら》っていた可能性が高いです」

台風一過《いっか》の風が診療所の建物を通り抜けていく。

「怖かったんだよ。この歳《とし》で病気だって言われて、治療のためにひとり島を出ることになるのがさ」

「房子さん……」

杏はようやく理解できた。なぜ房子が自分の病を隠していたのか。

「この病気……治ることはないんだろ？」

房子は不安そうに尋ねた。

「冠動脈の治療と薬、食事制限でコレステロール値をコントロールしていく必要があります。ずっと付き合っていくことになる病気ではあります」

「そうかい。でも、ハッキリ原因を教えてもらえて、思いのほかスッキリしたよ。あんたに魚をご馳走《ちそう》した甲斐《かい》があったね」

そうやって房子に笑顔を見せられ、杏はほっとした。

「房子さん……」

これでひとまずは安心だ。房子の笑顔に杏が胸をなでおろした時、

「甘春《あまかす》先生！　大変です！」

と、玄関から切羽詰まった声がした。

慌てて見に行くと、昨日から何かと手伝ってくれていた役場の浜田《はまだ》が、ぐったりした男に肩を貸し必死の形相で立っていた。杏は浜田とともに急病人を診療所に運び入れた。

「先生、お願いします！」

浜田を追うようにやってきた少年が、新たな急患を連れてきた。杏が振り返ると、患者は立ち上がることもできず玄関にうずくまった。開け放された診療所の玄関から、具合の悪い島民たちが列をなして向かってきているのが見えた。ただ事ではないことが起こっている。杏は急いで病人たちのために場所を空けた。

「みんな高熱にうなされて、あと右の横腹が刺すように痛いって……」

また新たな患者を運んできた浜田が言う。

小さな診療所は同じ症状を訴える島民であっという間にあふれかえった。それは杏の予想をはるかに超えていた。

「重症者から先に、奥に運んでください」

ベッドや椅子《いす》では足りず、雑魚寝《ざこね》状態になっている島民たちの一人を杏が診察した。

「痛むのは、この辺りですか？」

横になっている島民の腹を触診する。苦痛に男性の顔が歪《ゆが》む。痛みと熱で汗だくだ。

「ああ……そこが刺すように痛い……」

「右下腹部を最強点とする圧痛……虫垂炎《ちゅうすいえん》？　でもそれにしては……罹患《りかん》者が多すぎる」

杏が考えている間にも、診療所にはどんどん新しい患者が訪れた。もはや、診療所に入ることもできず、小さな前庭に皆うずくまった。腹を押さえて、苦しげな声でうめく。

罹患者が同時に多数いるということは、感染症の可能性が高い。しかし、虫垂炎は感染症の症状ではない。杏は茫然《ぼうぜん》と立ち尽くした。

「どうして……」

増え続ける患者になすすべもなかった。ひとりで診《み》るなど到底無理だ。

杏は、甘春総合病院の大森渚《おおもりなぎさ》に電話をかけた。医師を派遣してもらいたいという要請を受けて、渚はすぐさまこの事案を会議にかけると請け合ってくれた。

甘春総合病院の大会議室で、各課の医師たちが集まって緊急会議が開かれた。

院長の灰島《はいじま》が議長席に座った。鏑木《かぶらぎ》も出席している。渚は杏の話を甘春総合病院の医師たちに手早く伝えた。

「甘春先生から連絡がありました通り、今、彼女のいる美澄島で、原因不明の感染症が蔓延《まんえん》しているようです」

医師たちはなぜか渚の話に興味がないかのように顔を背け、手元の資料をいじり出した。

「罹患者はすでに二十名以上。今後さらに感染が拡大する可能性を鑑《かんが》みて、当院の医師を派遣してほしいとのことです」

　灰島は強権的な人間だ。何よりこの甘春総合病院の体面を守ることが大事な男は、この病院の医師に悪影響が及ぶことを絶対によしとしない。灰島の性格をよくわかっている各課の医師たちは、強い意見も出せず、ただお互い視線を交わすだけだ。鏑木は灰島の様子をうかがった。しかし、灰島は眉ひとつ動かさなかった。

　会議室の外では、ラジエーションハウスの技師たちが出勤してきた。彼らにとって、今朝は台風とともに難題を解決した晴れやかな朝だ。一階のロビーにあるテレビが台風一過の様子を伝えている。悠木《ゆうき》が機嫌よく威能《いのう》に話しかけた。

「台風、無事過ぎ去りましたね」

「これでようやく甘春先生も休めますよ」

「よかったな、五十嵐《いがらし》」

小野寺《おのでら》は唯織《いおり》のことを気づかった。喜ぶかと思いきや、唯織はずうんと落ち込んでいる。

「アンちゃんとのお別れまで、残り二十六時間を切っちゃいました……」

　タブレットに表示されたタイマーを見て、朝から肩を落としてうつむいている。そんな唯織に裕乃《ひろの》が声をかけてきた。

「甘春先生との、関係だけですね」

「ん……？」

唯織がタブレットから目を上げた。

「眠っている夏希《なつき》さんの気持ちを圭介《けいすけ》さんに届けることができたり、旧型のレントゲンしかない状況で房子さんの病気を写し出すことができたり……どんな壁でも乗り越えていく五十嵐さんですけど、たった一つだけ越えられない壁が……甘春先生との関係なんですね」

裕乃は唯織のことをずっと見てきた。同じラジエーションハウスの同僚としてそばで唯織の仕事ぶりを知り、その人柄を知っていた。裕乃の言葉をどう受け止めてよいのか戸惑う唯織の背後から、怒りに震えた声が飛び込んできた。会議を終えた渚と鏑木だ。

「本当にもう、ありえません！　ケツの穴がちっちゃいにも程があります！」

「まあまあ、大森先生、そう怒らずに」

「これが怒らずにいられますか⁉」

渚の剣幕は相当なものだ。普段の穏やかな立ち振る舞いからは想像できないほどの怒り方と言葉遣いである。驚いた小野寺は声をかけずにいられなかった。

「どうされたんですか？」

「珍しいですね。大森先生がそんなに声を荒げるなんて」

ただならぬ様子に田中《たなか》もびっくりしている。渚をなだめていた鏑木が事情を説明した。

「実は甘春先生のいる美澄島で、原因不明の感染症が蔓延しているらしい」

「かかか、感染症⁉」

田中の声が思わず上ずった。たまたま耳にした売店の従業員が驚いて、手にしていた商品を落とした。唯織の表情がさっと変わった。美澄島のような医療資源の乏《とぼ》しい土地で感染症が蔓延することは一大事だ。悠木もその重大さをすぐに察知して厳しい顔をした。

会議での不満をぶつけるように、渚は状況を技師たちにぶちまけた。

「近隣の病院はどこも昨夜の台風の影響で手いっぱいらしく、代わりにうちの病院の医師を派遣できないかと要請があったんだけど……」

「灰島院長は、派遣すべきでないと」

鏑木が説明をつけ加えると、唯織がすぐさま質問をした。

「どうしてですか？」

「派遣すれば、当院の医師にも危険が及びます。それにもしそのことが世間に知られれば、甘春病院全体が、原因不明の感染症が蔓延した病院だと誤解されかねない。ここにいる患者たちにも迷惑がかかると」

その説明に裕乃が困惑した。

「そんな……」

他の技師たちも不満げな顔だ。灰島の、この病院外の患者は見捨てていいという決定はあまりに受け入れがたい。悠木とたまきがその判断に不服を唱えた。

「じゃあ甘春先生は今……たった一人でその島の患者たちを診てるってことですか？」

「いくら何でも無茶でしょ……」

会議で押し切られてしまった渚もまさに同じ気持ちだ。

「医療物資も持つかどうか……」

実際、考えるほど心配な点が挙がってきりがない。危険な状態だ。

「……院長の言うことも正しい。我々はここにいる患者を守らないといけませんからね」

鏑木は渚や技師たちの不満をなだめにかかった。

──アンちゃん!!

唯織の心はもうここにはない。杏を見捨てるなどありえない。ましてや、苦しむ大勢の島民を見放すなど医療従事者として耐えられなかった。唯織が勢いよく駆け出した。

「あ……そうなっちゃうわね」

技師たちは振り返って院長室へ駆けていく唯織の姿を見送った。たまきは納得といった表情だ。大好きな杏をひとり美澄島に放っておけるわけがないことは、たまきも他の技師たちもよくわかっていた。

「美澄島へ行かせてください」

駆け込んできた唯織を灰島が余裕たっぷりの態度で迎えた。驚くどころか、技師風情がバタバタと入り込んで、今しがた決定したばかりの案件に反論してきたことに苛立《いらだ》ちすら感じる。

　唯織はまっすぐな目で灰島に訴えた。

「美澄島は、人口三百二十八人に対して治療にあたれる病院は診療所一つだけです。今後さらに患者が増えれば、医療物資が底をつくのは明らかです。人がライフラインを絶たれて生きられる時間は『72時間』。患者の脱水症状等が深刻化すれば、命が危険です。すぐに美澄島に行かせてください」

　灰島は唯織に冷たく言い放った。

「行っても構わないが、その場合、ここを辞めてからだ」

　その言葉で、唯織は灰島がどれだけの覚悟を決めているか知った。院長としての権力を最大限に使ってでも、この病院から美澄島にスタッフを派遣するのを阻止するつもりだ。

「わかるだろう？　君の取る行動一つで、どれだけ周りが迷惑を被《こうむ》るか」

　鏑木が説明した通りだ。灰島は甘春総合病院のことを最優先にするのは譲らない。

「美澄島に蔓延した疾患が危険な感染症だった場合、ここに入院する患者にも不安を与えることになる。彼らまでもが感染者だと、周囲から差別を受けかねない。ここに来るはずだった患者も来なくなる。君が今行こうとしている場所は、そういう場所だ」

　灰島はさあどうする、と言わんばかりに意地悪く唯織を見上げた。

「……わかりました」

話しても無駄だ。そんな時間はない。

灰島の考えをよく理解した唯織は、身につけていたIDカードを外して灰島のデスクに置いた。用は済んだとばかりにさっとこの部屋を出ていった。その判断の素早さに、灰島は唯織に声をかける暇もなく、ただ唯織が出ていくのを黙って見送るしかなかった。

美澄島の診療所は、とうに収容できる患者数を超えてしまっていた。それでも新たな患者が運ばれてきてしまう。焦る杏は、連絡に、患者のケアに奮闘してくれている浜田に尋ねた。

「応援はまだですか？」

「消防にも要請しましたが、この辺り一帯、台風の影響で救助の要請が相次いでいるらしく、到着がいつになるかは……」

浜田は憔悴《しょうすい》した顔で口ごもった。

「そんな……ここはもう限界です！」

それは浜田にも痛いほどわかっていた。今元気な者もいつ同じように倒れるかわからない。自分たちだって時間の問題だ。浜田と杏は診療所で苦しんでいる島民たちを茫然と見つめた。

荒い息づかいと苦しそうなうめき声に包囲されて、杏の思考は空回りした。外から、また新しい患者がよろよろとやってきたのが見えた。浜田もそれを見て言った。

「ひとまず症状のある島民は、学校の体育館に収容しましょう」

杏は、無言で頷《うなず》いた。

浜田の提案はもっともだったが、それでも患者たちが休む場所が確保できるだけで、状況がよくなったわけではない。杏は険しい顔で苦しむ患者たちを見回した。早く不調の正体と原因を突き止めなければ、最悪の事態を迎えることになる。

孤立無援。

杏は意識の遠く向こうで、いつも助けてくれる唯織のことを想った。

浜田はすぐに学校の体育館を開放した。余力のある者たちが総出で患者たちを運び込んだ。体育館の床にゴザを敷いただけのあまりに簡素な救護施設だ。患者たちは雑魚寝をするほかなかった。運び込まれた人たちは、脂《あぶら》汗を流して背を丸めるだけで、一向に痛みが治まる気配もない。

感染症だと勘づいた杏には、これ以上原因を調べる手立てがなかった。支援が来るまで、とにかく全員が倒れないようにと、杏はマスクと手袋を手伝ってくれる浜田や達郎《たつろう》親子に配った。

治療するのに十分な設備とは言えないが、炎天下の中に転がっているよりはマシだ。患者たちの休む場所が確保され、やっと杏は診察に集中することができた。達郎や元太《げんた》は高熱と高い気温に喉《のど》が渇いたと訴える患者に井戸の水を配って回った。運動場の端にも井戸がある。豊富で冷たい水がありがたかった。

どんな感染症かわからない以上、とにかく患者に近づかない、接触しないで隔離することが感染症対策の基本だ。体育館の周囲には患者を心配している家族たちが来ているが、患者と家族双方のために必要な措置として杏は体育館の扉に、『立ち入り禁止』の貼り紙をした。

体育館の扉や窓から少しでも中の家族の様子をうかがおうとする家族たちの姿に、杏は心を痛めた。

「戻りましょう」

患者たちを見守るため、体育館の中へと戻っていく。すると、井戸で一生懸命水汲《く》みを手伝っていた元太が、よろめいたかと思うと膝《ひざ》から崩れ落ちて運動場に倒れた。

「おい、元太！　どうした⁉」

達郎が慌てて駆け寄る。杏も急いで元太のもとに行った。

「元太くん⁉　大丈夫？　元太くん⁉」

元太はお腹《なか》を押さえて苦しんでいる。元太も同じ感染症にかかってしまった、と杏は絶望した。

その頃、美澄島の埠頭《ふとう》には感染症の蔓延を確認した自衛隊が到着した。フェリーの桟橋《さんばし》が封鎖され、立ち入り禁止となった。広い海に浮かぶ美澄島は完全に孤立してしまった。


唯織の決断を知った辻村《つじむら》が、院内の医療物資保管庫に唯織を案内した。容量の大きい救急バッグをいくつも用意して棚にある物資を詰め込んでいく。

「輸液はどこにありますか？」

「それならここに」

「ありがとうございます」

辻村が指した棚に向かうと、輸液パックを取り出す。一点の迷いもなく行動している唯織に、辻村は念を押した。

「本当に一人で行くつもりですか？　ここを辞めてまで……」

「美澄島には、今助けを必要とする人たちが大勢います。甘春先生はそのために、一人で闘っています」

唯織の肩には何個も救急バッグがかかっている。加えて、床にあったポータブルエコーの装置も拾い上げた。一人で持てる精一杯の荷物量だ。

「ありがとうございます。お借りします」

去り際に唯織が礼を言った。

「やっぱり凄《すご》いですね、五十嵐さんは……」

まったく迷いのない唯織の姿勢に、辻村は尊敬の念を覚えた。

「僕には到底、敵《かな》わない……」

唯織は振り返った。

「島の人々を苦しめている病気が何なのか、わからないなら……それを探し出し見つけるのが、技師である僕の仕事ですから」

唯織としては当然のことをしているだけだった。しかし、病院でのしがらみや立場などを越えて島の人たちの命、そして杏を最優先にして動くことは簡単ではない。辻村が小さく息をついた。

杏を想う気持ちでは唯織に負けないつもりだった。

なにか杏に危機が訪れた時には、真っ先に手を差し伸べ守ってやりたいと思っていたし、できると信じていた。振り向かせる自信もないわけではなかった。でも、実際自分は、今の仕事を捨ててまで杏のもとに駆けつけることができないでいる。

辻村は、杏を巡る闘いに勝てそうもない相手に微笑《ほほえ》みかけた。

「……それだけじゃありませんよ」

「えっ？」

唯織は辻村のこめた意味がわからず、聞き返した。

「いえ……」

「失礼します」

医療従事者として、一人の女性を愛する男としてひたすらまっすぐな姿勢を貫く唯織が杏のもとへと旅立った。辻村はそんな唯織の姿が小さくなるまで見送った。


同じ時、灰島院長は唯織の置いていったIDカードをラジエーションハウスのテーブルに放り出していた。

「辞めた⁉」

思わず皆が声をあげる。

そこまでやるか……いや、やるかもしれない……。

技師たちは衝撃を受けた。それぞれのデスクにつきながら唯織のことを考えている。いつもは威勢のいいことを言うたまきも、今回は灰島の言うことにも理解を示していた。

「灰島院長の言うこともわからなくないよね。甘春病院の看板を背負ってる私たちが勝手な行動を取れば、ここに入院している患者に迷惑をかけかねない」

威能は病院の検査体制に与える影響を心配した。

「それにもし我々がここを離れれば、患者を検査できる技師がいなくなりますよね」

「現実的じゃないよな……」

軒下《のきした》も渋い顔で威能に賛成をした。しかし、裕乃は納得がいかなかった。

「でもこういう時に何もしないで……何のための研修なんでしょう」

災害研修を受け、目の前でトリアージの現実も見た裕乃は納得がいかない。美澄島の今の状況は、その研修内容がそっくり生かされるはずだ。悠木も裕乃の考えに賛成だ。

「防護服なら、備蓄倉庫に人数分あります！」

突然、田中が立ち上がった。

「わたくし田中福男《ふくお》は、ケツの穴の小さき男にだけは……なりたくありません……」

威勢のいい始まりだったのに、途中から尻すぼみになってしまった。やはり、灰島が行くなら辞めて行けと言ったことが効いている。小野寺も裕乃と同じく先日の災害研修のことを思い出している。

「『72時間』か……」

災害マニュアルを手に取った。72時間を経過してしまうと、救える命すら救えなくなってしまうという壁が災害救助にはある。今なら救える命があるという思いが、小野寺を焦らせた。ふと、同期で会長まで昇り詰めた、あの及川《おいかわ》の得意げな顔が浮かんだ。

小野寺はマニュアルに印刷された、放射線技師会事務局の連絡先をじっと見つめた。

美澄島に渡るフェリーが寄港する埠頭に息を切らした唯織がたどり着いた。フェリーの時間を確認しようと近づくと、美澄島との定期便は『全便欠航』の看板が出ていた。

朝から難関ばかりだ。杏のいる美澄島が遠く遠く離れていくように唯織は感じた。

――アンちゃんは必ず僕が助ける――

医師として頑張る杏《あきら》を支える技師になるために、全てをかけて生きてきたんじゃないか。こんなところで諦めるわけにはいかない唯織は、フェリー乗り場の近くで停泊している漁船に駆け寄った。埠頭で作業している男をつかまえると、話を切り出した。

「なんとか船を出してもらえませんか？」

「悪いねえ。島の安全が確認取れねぇと出すなって会社から言われてるんだわ」

船の持ち主の男は申し訳なさそうに言った。唯織の顔に焦りが浮かんだ。

「それにあっちはかなり悲惨な状況って噂《うわさ》だよ？」

島の状況を知っている様子の男に、唯織は必死で詰め寄った。

「でも……誰かが早く原因を見つけ出さない限り、島の人たちの命が危険です。誰かが亡くなったあとじゃ、遅いんです！」

唯織の言うことはもっともである。

男は、弱ったなあとつぶやきながら、唯織の姿を見回した。白衣などは着てないがどうやら医者かなんからしい、と男はすぐに察した。会社の話では、何十人という島民が原因不明の病で倒れていると聞く。他人事《ひとごと》ではない。細身の体で大量の救援物資を運んできた唯織の真剣な目を見ると、男も無下《むげ》にはできなかった。

「お願いします！」

唯織に深く頭を下げられて、男は折れた。

「いやいやいや……無理言うわのぉ……あんたたち」

「あんたたち……？」

不思議に思って後ろを振り向くと、作業着である青いスクラブを脱ぎ捨てたラジエーションハウスの仲間たちが続々と桟橋にやってきた。リゾートへでも行くような風情のたまきは気楽に「夏だね～」と言いながら優雅に歩いてくる。威能もサングラスをかけて夏らしい姿だ。

唯織は驚いて声も出ず、心強い仲間たちがやってくるのを笑顔でただ迎えた。

美澄島の体育館には、まだ新たな患者がやってくる。杏が患者たちを誘導していると、患者の家族たちが『立ち入り禁止』と書かれた扉に集まってきた。

「すみません、もう少しの辛抱です」

早ければ三時間後に消防が来る。消防が来てくれたところでどうなるという保証もないが、杏はそう言うしかなかった。

達郎も家族たちの一人として杏に迫った。

「先生！　元太に会わせてくれよ！　少しくらいならいいだろ⁉」

身を切られる思いで、杏はそれを拒《こば》んだ。

「原因がわからない以上、それはできません……。申し訳ありません」

「あんたはいいのかよ」

「私は……医者ですから」

医師は感染のリスクを負ってでも患者たちを治療する責任がある。杏は、自分一人で立ち向かわなくてはならない患者たちを振り返って、一切の希望が消えるのを感じた。このままでは全員が感染して、最悪この島は死に支配される。杏は、新しく来る患者を寝かせて診察するので精一杯だ。達郎は『立ち入り禁止』の扉に向かって叫んだ。

「おい、元太！　大丈夫か⁉」

元太がくぅぅと短い声を漏らした。杏は無力感に襲われた。本来なら、この患者たちにしてあげられることがたくさんある。しかし、今は医療物資や検査機器も限られていて、医師は自分だけだ。消防の救援が来るまでなにかできることはないのだろうか、と自分を責めた。

杏は意を決して、もう一度島の外に救援を要請した。自分一人の力ではどうにもならないことを認め、どうにかこの現状を伝えて手を貸してもらうことがいまできることだと信じた。杏は『本土の近隣病院　連絡先リスト』を手にして再度片っ端から電話をした。

「ですからお願いします！　患者の数が増える一方で、人手が足りません！　消防の到着まで、あと三時間かかるそうです。今すぐそちらの医師を派遣してください！」

だが、相手の医師も必死だった。

「ですから、派遣することはできません！」

「この島の人たちがどうなってもいいんですか⁉」

どうにもならない現状に、思わず語気が強くなる。

「うちの近辺でも昨夜の台風の影響で土砂《どしゃ》崩れが多発していて、患者が後を絶たないんです……。交通網も絶たれていますし、ご理解ください」

あちこちで台風の被害が出ている以上、美澄島の救援に人員を割《さ》く余裕はどこの病院にもなかった。押し切られる形で通話が終わり、杏は唇を噛《か》んだ。こんなに自分が無力に感じたことはかつてなかった。どんな難問も必死に頑張って解決し、努力してきた。さらに医師としての力をつけるためにアメリカ行きだって決めたのではなかったか。自分が有能な医師になれば、もっと多くの病気を見つけ、癒《いや》すことができると信じて疑わなかった杏は、何もできない現実に愕然《がくぜん》とした。

頼みの綱だった甘春総合病院にも見捨てられた。孤独が杏の心を真っ暗に蝕《むしば》んだ。

運動場の真ん中でスマホを力なく下ろし、どうしようもなくたたずむ。ここまで聞こえてくる患者たちの苦しい叫びに思わず耳を塞《ふさ》ぎたくなるのを必死にこらえる。

「甘春先生！」

遠くから杏を呼ぶ声が聞こえた。浜田が走りながら呼びかけてきたのだ。

「救援の方々が……港に着いたそうです！」

杏は土を蹴って走り出した。白衣が足にまとわりつくのも構わずにひたすら走り続ける。

埠頭に駆け下りると、漁船から降りてくる人影が見えた。

その姿を見た杏の胸に、希望の灯《あかり》がともった。

「五十嵐さん……！」

幻でも見ているような気持ちだ。一体どうやって？　甘春総合病院を説得し、島の閉鎖を乗り越えるなんて……いかなる困難でも解決し、どこまでも自分を助けようとしてくれる。胸が詰まって涙が出そうだ。

救援物資をたくさん肩にかけた唯織が島に降り立った。

続いて、裕乃、たまき、威能、悠木、田中、軒下が下船してくる。隊列を組んだ様子はまるでヒーローの登場だ。杏が驚きのあまり声を失っていると、たまきと威能が茶化すように言った。

「何その、しょぼくれた顔」

「ストレスはお肌の天敵ですよ」

悠木はガイガーカウンターで周囲の放射線量を確認しながら、気合十分の挨拶《あいさつ》をした。

「待たせたな！」

その一方で、軒下と田中はバテ気味だ。

「この島遠すぎ。船酔いしちゃっただろ。田中が」

「大丈夫、勝負はこれから……うっ」

田中がいきなり埠頭の端までに急いだ。今にも吐きそうな様子だ。

裕乃はポータブルエコーを手に、自信たっぷりの表情だ。

「検査の準備、バッチリできてます！」

唯織は杏の目の前に立って、安心させるように優しく言った。

「甘春先生、もう大丈夫です。僕たちがついています」

一番来てほしかった人たちがいる。感激のあまり、杏は泣きそうになるのをこらえた。

「……はい！」

唯織たちが島に入ろうとすると、埠頭の入り口で監視していた自衛隊隊員に制された。

「あ、放射線技師です」

そう言うと、唯織たちは難なく検問を越えて島に上陸を果たした。

唯織たちはまず診療所に入り、これからの準備を整えた。悠木が持ってきた白い防護服を着こんでいる。全身を包みこむ防護服にさっそく軒下が文句を言った。

「あっちいなあ。これホントに着なきゃダメ？」

「ダメに決まってるじゃないですか！　何言ってるんですか！」

普段、口数の多くない悠木が、今日は張り切っている。島の地図を広げ、これからの行動について指示をした。

「感染症は油断禁物です！　まずは体育館前に救護所を設置し、重症者を集めます。五十嵐と広瀬《ひろせ》はそこで甘春先生のサポートを、たまきさんと威能さんは、僕と体育館で患者の検査を。軒下さん、田中さんは、集落に立ち往生している重症者がいないか、確認して回ってください」

リーダーシップを発揮する悠木は、別人のようだ。

「あいつ、どうした……？」

軒下が悠木の変わりぶりに驚いて、おとなしく防護服を着ることにした。それぞれがトランシーバーとポータブルエコーを手に、悠木に指示された場所へと移動を始めた。先頭に立って皆を鼓舞《こぶ》したのはやはり悠木だ。

「さあ、みんな、行くぞ！」

威能がいつにない悠木のリーダーシップに首をひねった。

「ホント、どうした……？」

唯織たちラジエーションハウスのスタッフが消えた、甘春総合病院の技師控え室はがらんとしていた。中央のテーブルに、島へ渡った技師たちのIDカードが山積みになっている。皆、病院を辞める覚悟を決めて美澄島に向かったのだ。

そのIDカードの山を見た灰島はあきれかえった。

「ありえませんね。馬鹿《ばか》にも程があります」

当の放射線技師たちが誰もおらず、怒りのぶつけどころがなくて苛立つ灰島の隣で、渚が静かに微笑んでいた。

「うちの患者の検査はどうするつもりなんですかね。小野寺技師長は」

灰島が今にも爆発しそうな顔で小野寺を声高《こわだか》に呼ぶと、鏑木と及川が連れ立ってやってきた。その後ろに四人の技師を従えている。

「検査室はこちらです」

鏑木は涼しい顔で及川に検査室を指し示した。灰島が放射線技師会会長である及川の姿に驚いた。

「及川会長⁉」

「灰島院長、ちょっと失礼します」

及川は、唯織たちのラジエーションハウスに入ると、ゆっくりと周囲を見回した。事情を知っているのか、渚はごく自然に及川を迎え入れた。

「及川会長。ご無沙汰《ぶさた》しております。ようこそ、ラジエーションハウスへ」

「大森先生……」

「こちらで働かれるのは、三十年ぶりとか？」

及川がこの病院で検査を行うのは、今回が初めてではなかった。鏑木もその辺りの事情は知っているような口ぶりで渚に続く。

「確か、小野寺技師長と同期でしたね？」

「ええ……。どうしてもとアイツに頭を下げられまして」

及川は今回の事情を説明し始めた。

「うちのオフィスに突然小野寺が来ましてね。一方的に事情をまくし立てられまして」

先ほどの小野寺の言葉を思い出して、笑顔になった。

——頼む……。美澄島で、うちの放射線科医がたった一人で闘ってるんだ。医師のサポートをして、病気の原因を見つけ出すのが、俺たち技師の仕事だろ？　頼む。力を貸してくれ——

「あんな風に深く頭下げられたら断れないですよ」

満足そうに言葉を続ける。

「それに、あんなに必死なアイツを、初めて見ましたよ。アイツに言われたら断れない。だらしない奴ですけど、間違うことはありませんからね」

そんな及川の話に渚と鏑木が笑顔を見せた。その時、ちょうど話題に上っていた小野寺がＭＲＩ検査室から顔を出した。

「おー、やっと来たか。遅《おせ》えぞ」

旧知の間柄ならではのくだけた口調だ。

「さあ、何から始める？」

小野寺は手元の書類にざっと目を通してオーダーをすらすらと読み上げる。

「忙しいぞ、今日。ＭＲＩ三件と、ＣＴ四件、レントゲン二件とマンモ三件、エコー四件、よろしく」

それを聞くと、及川は連れてきた放射線技師たちに指示を出した。

終始難しい顔でその様子を見守っていた灰島に、小野寺が平然と声をかけた。

「いや〜すみません。うちの連中、みんないなくなっちゃいまして」

小野寺の空とぼけた話っぷりに、灰島は怒る気力もなくした。

「なんだかほっとけない島があるらしくて。あの及川なんですけど、ああ見えて結構できる奴なんで大丈夫ですから」

「言ってくれるな。小野寺、お前は勝手にいなくなるなよ、約束だからな」

「わかってるよ、ったく」

及川に嫌味を言われ、小野寺は患者を呼びに廊下に出ていった。


『立ち入り禁止』と貼り紙のある、臨時の救護施設となっていた体育館の出入り口を防護服を着たたまき、威能、悠木が開けた。

扉を開けた瞬間、全員が我が目を疑った。広い体育館の床を患者が埋め尽くしていた。収容された何十人もの人々がうなされたり、痛みにのたうちまわっているのだ。まるで地獄のようなその光景に威能は圧倒された。

「これは想像以上ですね……」

たまきは強気の姿勢を崩さない。

「まずはさっさと原因を突き止めないとね……」

覚醒した悠木は、ここでもリーダーシップを発揮している。

「たまきさんと威能さんは右側を、僕は左側を。急ぐぞ！」

そんな悠木の勢いに、たまきすら押され気味だ。

「ホント、どうした？」


体育館に隣接した運動場に救護用テントが張られた。やっと診察と検査がまともにできる。杏は張り切った。

診察を受けようと、具合の悪い島民たちが行列を作った。

まず医師である杏が診察を行う。防護服があるだけでも安心感は桁違《けたちが》いだ。

「痛むのは右下腹部ですね？」

うんうんと苦しげに患者が頷く。熱で潤《うる》んだ目で助けを求めている。杏は、唯織たちに指示を出した。

「こちらの患者さんも腹部のエコーをお願いします」

「わかりました」

検査台の前で待っている唯織は、

「横になってください。腹部を検査していきます」

と、ポータブルエコー片手に男に声をかけた。言われるままに男が台の上で横になり、シャツをまくって検査を受ける。

「次の方、どうぞ」

裕乃が次の患者を呼ぶと、唯織から声がかかった。

「広瀬さん、こちらの方を体育館へ」

「はい」

裕乃が検査を終えた島民を体育館へと連れていく。設備が揃い、連携がきれいに取れてきたことに安堵《あんど》した島民たちが、やっと希望を持ち始めた。

懸命に診察を続けている杏が、時計を気にした。診療所に置いたままの房子のことが気になったのだ。

「広瀬さん、診療所にいる房子さんに水分補給をお願いできますか？」

「わかりました！」

裕乃は井戸の近くに用意されていた水のポットを持って診療所に向かった。

集落の見回りに出た軒下と田中は、暑いなか防護服姿で声をかけながら家々を巡回した。

「大丈夫ですか⁉」

「具合の悪い方はいませんか⁉」

細い道の奥から、二人の呼びかけに応《こた》える声が聞こえた。二人が声の方に駆けつけると、そこには具合の悪い年配の男が倒れていた。

軒下と田中は、その男性を二人で挟むように肩を貸した。

助けられた男は、左右にいる軒下と田中を見比べて不思議な顔をしている。田中は老人の考えていることをすぐ察した。

「……なるほどわかります。赤の他人です」

自分と軒下の背格好とメガネが似ているので、兄弟かなにかだと勘違いされたのだ。


水を携《たずさ》えた裕乃が診療所に入ると、房子が横になって休んでいた。

「房子さん？　大丈夫ですか？」

房子は裕乃を見上げて尋ねた。

「ああ。あんたは……お医者さんかい？」

「いえ。でも、甘春先生のお手伝いに来ました」

「そうかい。島が大変な時に……私ひとり情けないねえ」

裕乃は話をしながらポットからコップに水を注いだ。

「何言ってるんですか……。落ち着いたら、本土の病院でちゃんと検査受けましょうね。まずは水分補給してください」

コップを房子に手渡した。

「ありがとう」

ごくんと一口飲んで、妙な顔つきになった。

「どうかされましたか？」

「これ……本当に島の井戸水？」

「え？」

「いつもと違う味がする……」

裕乃がコップの水を凝視した。まさかこれが……？

すぐに、ある可能性に勘づいた裕乃は、房子に水を飲まないよう伝えてから皆に知らせなければ、と体育館へ走って戻っていった。

運動場の端の井戸では、達郎が懸命に水を汲んでいる。体育館の中の人数が多く、扇風機を回しても気温が上がってしまい、喉の渇きを訴える患者が続出しているからだ。

検査を終えた杏が体育館までやってきて、中の患者たちに向かって声を張り上げた。

「みなさん、すみません。もう少し辛抱してください」

頭を下げて扉を再び閉める。

技師たちが体育館前に集まって患者たちの所見について話をしていた。そこに杏も加わる。

たまきがざっと見立てを述べた。

「腹痛を訴えている人は、みんな腸に炎症を起こしてるみたいね」

「痛みは虫垂炎に近い症状のようですね」

威能の見解は、最初の杏の見立てと同じだ。

「やはりみなさん、そうですか……」

目を皿にしてそのエコー画像を見回した。

「確かに腹腔《ふくくう》内に強い炎症を起こしています。でも……虫垂腫大《しゅだい》はありません」

田中がその見立てを不思議がった。

「じゃあれですか？　虫垂炎みたいな痛みなのに、虫垂炎じゃないってことですか？」

「大体、一度にこんな人数が虫垂炎になるケースなんて、聞いたことがありませんよ」

悠木も杏が最初に思った疑問を挙げて虫垂炎を否定する。そんなやりとりを聞いて、軒下は恐怖にとらわれてしまった。

「まさか本当に……みみ、未知の感染症!?」

騒ぎ出した軒下のことをたまきがばっさりと切り捨てる。

「あんたは余計なこと言わないの。大体その防護服、似合わないにも程があるでしょ」

威能からの追い討ちも加わった。

「よくそのサイズありましたね」

田中があっさりと答える。

「子供用です」

「お前、バラすなよ！」

田中と軒下が騒いでいるのをよそに、たまきはその画像について嘆いた。

「造影ＣＴが撮れれば、もっと正確な画像を作れるのにね」

「この島には、レントゲンしかありません」

杏が置かれていた状況がどれだけ厳しいものか、技師たちもようやくわかってきた。


唯織はひたすら患者たちの腹部エコー検査を続けていた。

腹部にエコーをあて、ゆっくりと動かして映る画像に集中する。

「少しだけ動かずにいてくださいね」

うごめく画像の中に、唯織は妙なものを発見した。腹部を遮《さえぎ》るような、分厚い何かがある。白く見える、『高エコー』と呼ばれる状態のものだ。診療所からテントに戻ってきた裕乃が、ぽつりとつぶやいた。

「白い壁……」

「えっ？」

唯織の反応の強さに、裕乃の方が驚いてしまった。

「あ、すみません。なんか、白い壁みたいだなって……」

「白い壁……」

「五十嵐さん、房子さんのことでお伝えしたいことが。実は、水の味が」

「味？」

唯織が裕乃の話に強く興味を引かれたところで、体育館からやってきた杏や技師たちが一息ついた。

「甘春先生、どうするんですか？」

悠木が今後の見通しについて尋ねたが、杏は答えることができなかった。唯織たちが来てくれて人手が増え、医療物資や簡易な検査機器も届いたが、それでも根本的な解決には至らない。

「あーあついよ！」

防護服を着て起伏のある島を走り回っていた軒下が暑さと疲れで参っている。視界に入った井戸と水のポットが魅力的に映った。田中と一緒によろよろ井戸に向かい、コップに水を注いだ。ひとまずの休憩を取るため、防護服の上を脱ぎ、軒下と田中が水で乾杯をしようとする。その瞬間、コップが無残に叩き落とされた。

「ダメです！」

いきなり横から現れた唯織の仕業だ。喉を潤す寸前に水を無理やり奪われ、軒下と田中が怒った。

「何すんだよ！」

「酷いですよ！」

唯織は井戸を指さした。

「原因はこれかもしれません」

「どういうこと？」

たまきが尋ねると、唯織が早口で説明した。

「台風の影響で、山奥で土砂崩れが起きたそうです。たぶんその時、何かしらの病原物質を含む汚染水が、山の沢水に流れ込み、そこから地下を通って汲み上げられた井戸水にまで到達してしまった可能性があります」

杏たちが井戸に近づいて覗いた。

「じゃあ……この井戸水を飲んだことで、発症したってことか？」

悠木は唯織の話がすっとのみ込めた。しかし、その説には問題があった。田中が疑問をぶつける。

「でも、仮にそうだとして、どう証明するんです？」

威能の知識では、その証明はとても困難だ。

「ひとえに病原物質と言っても、種類は無限にありますからね……」

たまきもその難しさはよくわかっている。

「検便するにしても、結果が出るまで一週間はかかる……」

「……検査。私たちの持ってるエコーで、どうにかならないんですか？」

裕乃が別の方向を提案すると、その案に杏が乗った。

「……もしかしたら、所見によっては原因を絞り込めるかもしれません。五十嵐さん、もう一度エコー検査をお願いできますか？」

「はい！」

唯織は勇んで返事をした。

救護テントに、元太が連れられて来た。元太は激しい腹痛に悶《もだ》えている。威能と悠木が元太の体をサポートし、唯織がその腹部にエコーをあてた。

「少しだけ我慢してね」

唯織が優しく元太に話しかけると、元太はううんとうめきながら頑張った。エコー画像を杏や技師たちが食い入るように見つめた。裕乃はすぐにその特徴に気づいた。

「また白い壁……」

「粘膜下層の肥厚が目立つため、全体的に高エコーに描出《びょうしゅつ》されているんです」

「上行結腸《じょうこうけっちょう》に全周性壁肥厚《へきひこう》……」

唯織の言葉を繰り返し、画像に見入っていた杏が病の原因に思い当たった。

「……もしかしてカンピロバクター腸炎？」

「はい。発熱、腹痛、下痢《げり》を伴う腸炎症状が見られ、特に右下腹部に圧痛が見られるなど、虫垂炎や腹膜炎との鑑別が難しいと言われています」

ついに感染症の正体が見えてきた。威能があっと驚く。

「全部その菌が原因だったってことですか？」

「これだけの情報で断言することはできませんが、カンピロバクター腸炎は殺菌されていない牛乳や、汚染された井戸水を飲むことで感染すると言われています」

杏の説明を受けて、悠木はようやくこの未知の感染症と考えられたものが未知ではないと悟った。

「じゃあやっぱり、あの井戸水に原因が……？」

軒下と田中は顔をしかめている。

「唇にちょびっと付いちゃったよ」

「私もです」

感染の可能性もある二人をたまきは軽く慰《なぐさ》めた。

「ドンマイ」

　未知なる感染症の正体がわかれば、対処がずっと楽になる。杏は動き出した。

「すぐに島民のみなさんに知らせて、井戸水を飲むのをやめてもらいましょう！」

　威能がすぐにあることに気づいた。

「あの、これ脱いでもいいの？」

　技師たちはすぐに防護服を脱ぎ始めた。暑がっていた軒下は真っ先に脱ぎ捨て「く〜生き返る！」と手足を伸ばした。

「こんなの着る必要なかったってことですね！」

　裕乃も晴れやかな笑顔だ。

　そんな中で、ただひとり防護服のままなのが悠木だ。感染症の正体が完全にわかるまで気が済まないのか、一度災害モードにスイッチが入ったら抜け出せないのか、周りがみんな防護服を脱ぎ捨てても知らん顔だ。

「脱いだら？」

　悠木以外はいつもの青いスクラブ姿になって、次なる任務に向かって動き出した。

　杏たちの懸念を受けて、島の役場が集落全体に向けて防災放送を流した。

　美澄島の集落に防災放送用のスピーカーからアナウンスが響き渡る。

「美澄島のみなさま。安全確保のため、しばらくの間、井戸水を飲まないでください。土砂災害により、汚染されている危険性があります」

井戸水を汲もうとしている島民たちが手を止めた。まだ元気のある島民が手分けして、島のあちこちにある井戸に『この水を飲まないでください』という貼り紙をして回る。

役場でアナウンスを担当しているのは、田中だ。

「安全が確保できるまでは、絶対に飲まないでください」

小野寺から声を褒められたのをきっかけに、自《みずか》らこの役を志願した。

「いい声ですねえ」

放送を手伝っていた役場の職員がうっとりと言った。田中は気をよくしてのびのびと声を張り上げた。

「絶対に飲まないでくださーい」

その放送に合わせ、威能と悠木が島を巡って井戸水を汲んでいる島民たちに飲まないよう念押しをしに行った。

しかし、原因と思われる水を止めたせいで、体育館では苦しみの声があがっていた。暑い体育館の中にいて、余計に水をほしがっていた患者たちが喉の渇きに苦しんでいる。放送を聞いた患者は、あからさまに文句を言った。

「飲むなって……俺たちに干からびて死ねってのか⁉」

たまきがそんな患者たちの間を回ってなだめていく。

「大丈夫です。すぐに応援が来ますから」

子供を抱いた母親は、たまきや裕乃に訊《き》いた。

「本当に来てくれるんですか？　いつになったら来てくれるんですか？」

確実な情報はまだどこにもない。たまきも裕乃も、必死の形相の母親に何も答えられず、申し訳ない気持ちでただ頭を下げた。

水が不足し始めてからほどなく、唯織たちが持ち寄った輸液パックはあっという間に底をつき、残り一パックとなった。時間が経《た》つにつれ、島民たちがさらなる脅威《きょうい》にさらされている。せっかく感染症の謎を突き止めたのに、脱水で命を落とすなんて。でも、このままでは島民たちが助からない。杏の顔に焦りの色が浮かんだ。

あれだけの豪雨のあとの夏空は雲ひとつなく、太陽はギラギラと島に照りつけた。どこまでも意地悪な空を唯織が見上げた。

水を求める声と、腹痛に泣き叫ぶ声が、体育館から漏れる。杏たち、医療スタッフは振り出しに戻ったような、いや、さらに事態が悪くなったように追い詰められた。

昨日の夜から休む間もなく働き続けている杏の顔が、見ていられないほど暗くなった。目の前の患者たちを一人も救えないなんてことがあれば、医師としてどれほどのダメージがあるか想像するだけでも恐ろしかった。疲れもピークに達しているはずだ。

――アンちゃん……僕はアンちゃんを助けに来たんじゃなかったのか――

唯織は自分の不甲斐なさを呪った。ここでただ救援を待って何もしないなんて、そんなことがあっていいはずがなかった。万事休す、なんて許されない。

意を決した唯織は診療所に戻り、電話をかけた。電話の相手は灰島院長だ。甘春総合病院を出る時に、唯織は職を辞すと宣言したのだから、灰島にものを頼める立場にはなかった。しかし、ここは何としても島民を救わなくてはならない。頼れる人は多くない。話だけでも聞いてほしいと願った灰島は、ちゃんと電話を取ってくれた。

「美澄島で蔓延していた疾患の原因がわかりました。おそらくカンピロバクター腸炎です」

「カンピロバクター腸炎……？　確かなのか？」

満足な検査機器などがない美澄島で、こんな短時間で原因の菌を特定できたとは灰島には信じがたかった。

「島民の容態、感染経路からして、ほぼ間違いないと思います。今、島は台風の影響で断水し、人々は井戸水まで飲むことを禁止され、下痢や高熱も相まって、極度の脱水症状に陥《おちい》っています。このままでは命が危険です。どうか我々を信頼し、医師をこの島に派遣していただけませんか？　灰島院長、お願いします」

唯織は必死に訴えた。

それに対して、灰島の答えはひどく意地悪なものだった。

「さっきから君は、何を言っているんだ？」

唯織は耳を疑った。

「うちの医師なら、もう向かっている」

灰島らしい意地悪な言い方で救いの手を差し伸べられたことを知らされた唯織は、ただただ感謝して笑顔になった。

「ありがとうございます!!」

唯織は、二つに折れるほど頭を下げて灰島との電話を切ると、すぐさま杏に電話をかけた。電話をかけながら、埠頭へと走った。

「本当ですか!? 灰島院長が!?」

杏の弾《はじ》けるような声に、唯織の顔がほわ～んとゆるんだ。

体育館から駆け下りてきた杏たちと唯織が合流した。

――アンちゃん、すごく嬉《うれ》しそう……！　よかったです!!

たまきも裕乃も、心の底から安堵した表情だ。

甘春総合病院から救援がやってくる――その報《しら》せを聞いた杏と技師たちは喜びを爆発させた。自分たちのやってきたことがやっと認められ、報《むく》われるのだ。杏や唯織たちは港に駆けていく。息を弾ませて埠頭に着いた時、ちょうど着岸した船から甘春総合病院の医師たちが続々と降り立った。

「辻村先生……！」

杏が感激の声をあげた。辻村は、夏空の下、爽《さわ》やかな笑顔を杏に見せた。

「来てくれたんですね」

唯織も辻村が来たことを喜んだ。

「病気を見つけるのがみなさんの仕事なら、それを治すのは、我々医師の仕事ですから」

唯織に先を越されたことを少しだけ悔《くや》しく思いつつ、辻村は胸を張った。

「患者はどちらに？」

「こっちです」

唯織が辻村を案内する。杏はほっとしたと同時に、疲れた体にもう一度鞭《むち》うって患者たちを救わねばと気合を入れた。

体育館の蒸し暑い暗がりに、太陽の光が差し込んだ。

先ほど、子供を抱いてたまきと裕乃に助けを求めた母親が、がっくりと垂れていた顔を上げた。唯織が、明るい声で患者たちに「ドクターが来てくれました！」と告げた。痛みと渇きにもがき苦しんでいた患者たちが、眩《まぶ》しそうに辻村たちを見た。

「もう大丈夫ですよ！」

辻村とともに、気持ちの良い風が体育館内を通り抜けた。続いて杏も大きな声で叫ぶ。

「お待たせしました！」

体育館に辻村たち医師団と医療物資が到着し、脱水症状に苦しんでいた患者が水分補給や点滴投与などで次々と息を吹き返していく。その頃、自衛隊の船がさらに物資を運搬して美澄島に着いた。その光景を見届けた浜田は、大きく一息ついた。

「助かった……」

誰よりも島民のために奔走《ほんそう》していた浜田にもやっと希望の光が差し込んだのだ。

災害現場にあるという『72時間の壁』――生死を分けるタイムリミット。

いったんは見捨てられそうになった美澄島の島民たちは、人命救助に奮闘する者たちによってその壁を打ち壊され、命を繋ぐことができた。

運動場に自衛隊のヘリがやってきた。体育館の出入り口では、唯織が待ち構えていた家族たちに説明を行っている。

「カンピロバクター腸炎は飲食物を介する経口感染なので、人から人へ感染する心配はほとんどありません」

元太のことを心配して憔悴していた達郎の顔が明るくなった。

「え、じゃあ……」

「ご家族のもとへ行っていただいて大丈夫ですよ」

待っていた家族たちは扉が開くと同時に中へなだれ込んでいった。それぞれの家族のもとへと駆け寄っていく。達郎は元太を見つけると思いきり抱きしめた。体育館のあちこちで家族と再会した喜びが沸きあがっている。ラジエーションハウスの仲間たちは、その光景にやっと苦労が報われた気がした。裕乃とたまきがいつものように笑った。

そこへ杏がやってきて技師たちにお願いをした。

「みなさん、お疲れのところすみません。カンピロバクター腸炎は潜伏期間が長く……」

たまきは最後まで言われなくても、次に何をすべきかわかった。

「まだ他にも患者がいるかもね」

威能と悠木はまずやるべきことの規模を確認する。

「この島の人口は」

「だいたい三百人」

軒下と田中はタイムリミットを気にした。

「日没までは」

「三時間ですかね」

裕乃は疲れを見せずに笑顔で請け合った。

「大丈夫ですよ。余裕です！」

「みなさん、手分けして、島丸ごと回りましょう」

唯織の号令を合図に、技師たちが再び島の中に散らばっていった。

全島をくまなく回ってみると、島の奥に住んでいる人たちの中にはこの感染症騒ぎに気づかず日常を過ごしている人たちもいた。そんな人たちに井戸水の危険性を伝え、具合の悪い人を見つけるのが唯織たちの役割だ。たまきと裕乃の女子二人組が島を歩き回った。

「あの、頭痛とか腹痛とかありませんか」

道端でくつろいでいた年配の男たちが、たまきの声に気づいて振り向いた。

「全然ないですよ」

「よかったです」

男たちの一人がたまきを見て「べっぴんさんだったなぁ」とはやした。それを耳にしたたまきは気分よく歩いて「具合の悪い方はいらっしゃいませんかー!」と声を張り上げる。そんなたまきの姿が頼もしく見えて、裕乃も続いて張り切って声をかけた。

「具合の悪い方はいらっしゃいませんかー!」

漁師たちに注意喚起をしていった威能と悠木は、船から戻る途中でぶつかり合った。

「遅いですよ!」

悠木はまだ災害モードが抜けず、気が張ったままだ。が、勢いあまって橋から海に転げ落ちてしまった。

「大丈夫かー?」

「た、たすけ……」

あんなに気合十分だった悠木がずぶ濡《ぬ》れで手を伸ばした。威能が引っ張り上げる。

海水で頭が冷えたのか、いつもの悠木に戻っていた。威能は知らなかった悠木の意外な一面を思い出して少し笑った。


一日中島民を苦しめた太陽が海の向こうに沈み、美澄島に夜が訪れた。島を襲った感染症蔓延の危機は収束に向かっていた。診療所に戻った杏とラジエーションハウスの技師たちは急激な疲労に襲われた。あっという間に眠りについてしまった技師たちをよそに、杏は房子と今日のことを話した。

「そうかい。島のみんな、全員無事なのかい……」

「はい……。だから、安心してください」

「……あんたのおかげだね」

杏はそれを否定した。

「いえ……結局私ひとりでは何もできなくて……」

旧型のレントゲン検査機をうまく扱うことができず、ラジエーションハウスの技師たちの助けを借りてようやくまともな胸部X線写真が撮れた。装備もなく、たった一人で診察も治療も何もできずに立ちすくんだ杏は、多くの人たちの助けによって今笑っていられる。

「すぐそばにお医者さんがいる。いつでも駆け込める病院がある……」

房子がしみじみと話し始めた。そばでなにやら作業をしながら聞き耳を立てていた唯織も、房子の方を見た。

「それだけでうちの連中は、あんな状況でも希望を捨てずに済んだ……。島民三百二十八人、甘春先生がいなければ救えなかった命だよ」

杏の自信のなさを打ち消すように、房子は杏に感謝を伝えた。

「……房子さん」

「あんたは私らにとって『世界一』のお医者さんだよ。ありがとう」

房子の言葉に、杏は今までの苦労が全て報われたように感じた。子供の時から目指していたことも、唯織を追い越そうと必死に読影に励んでいたことも、父の正一から「世界一の医者に」と言われたことも。杏は胸がいっぱいになった。

うっすら涙を湛《たた》えた杏の目が電灯に美しくゆらいだ。

――アンちゃん、なんてきれい――

唯織はうっとりと杏の横顔を見つめた。

甘春総合病院のラジエーションハウスでは、小野寺が当直を担当していた。他の技師が美澄島に行った代わりの穴を全て引き受けている。ほとんどの照明を落とした静かな部屋の中でひとり仲間のことを考えていると、鏑木がやってきた。

「小野寺技師長、まだいたんですか」

小野寺が顔を上げて鏑木に気づいた。

「あ、すみません……」

「その歳で当直ですか」

昨日、ジジイと呼び、呼ばれたことを鏑木は忘れていなかった。

鏑木はなにか話をしたい様子で椅子に腰かけた。

「本当はあなたが真っ先にあの島へ行きたかったんじゃないですか?」

「いやあ、そんな連中ばっかりになっちゃいまして、ここは」

「ホント馬鹿な連中ですね」

鏑木が笑って言うと、小野寺もつられて笑った。

「こんな割に合わない仕事するにはね、バカくらいでちょうどいいんですよ」

二人のベテランが会話を楽しむうちにそれぞれの夜は更《ふ》けていった。


美澄島の診療所では、技師たちが静かに寝静まった。ソファや床など、思い思いの場所で体を休めている。やっと訪れた平和な夜だ。

疲れ切っているはずなのに、杏はまだ眠れずにいた。目前に迫ったワシントン行きのことや、今日のことを考えると、いよいよ目が冴えてしまう。そっと大きな窓のそばに立ち、海の上にゆったりと浮かぶ月の光を浴びた。

この建物の中でもう一人眠れない者がいた。唯織だ。杏がいる部屋の隣にある正一の使っていたデスクに突っ伏してはみたが、眠れない。唯織の頭には、間近に迫った杏との別れのことばかりが浮かんでいた。

怒濤《どとう》の数日間でたくさんの困難を乗り越えてきたが、杏と離れ離れになってしまうということだけは乗り越えられそうもない。時間は残酷に、刻々と過ぎていく。あれほど気にしていたタブレットのカウントさえ、見るのが嫌になった。

充実感いっぱいで眠りについている同僚たちが羨《うらや》ましい。心地よい波の音さえ心をざわつかせる。

――今は、こんなにそばにいるのに――

声をかければ振り向いてくれるだろう距離に杏がいるのに、その距離を縮めることができない。苦しい恋心を抱えたまま、助けを求めるように唯織も空を見上げた。

二人は、同じ月の光を浴びて、同じ夜を過ごした。

第4章
アンとイオリ

甘春《あまかす》総合病院のスタッフが美澄島《みすみじま》を救った話は、テレビのニュースで大々的に報じられた。病院のスタッフも入院患者たちもその夜のニュースに驚いた。

『甘春総合病院の医師が美澄島に渡り、カンピロバクター腸炎に感染した島民三百二十八名の命を救いました――』

そのニュースに、まだ入院中の海斗《かいと》が食いついた。

「すごいね、ここのお医者さん！」

海斗は自分が入院している病院のスタッフたちがテレビで取り上げられていることに興奮している。回診に来た渚《なぎさ》が海斗に教えた。

「そうね。でもその裏にはね、島民三百二十八人全員を検査した技師がいるのよ」

「ギシ……？」

海斗が首を傾《かし》げる。

「そう、目には見えない身体《からだ》の中を写し出す――病の写真家よ」

渚が海斗の体をちょん、と突いた。身を挺《てい》して、見事に仕事をやり遂げたラジエーションハウスのメンバー全員が誇らしかった。

翌日、感染症制圧に貢献した甘春総合病院のスタッフたちが、ようやくひと段落ついて島を離れることになった。

埠頭《ふとう》ではすでに船が待っている。唯織《いおり》たち技師らが荷物を持って船に向かい、そのあとを杏《あん》がついてくる。唯織は歩きながらタブレットを手にながめた。杏との別れの時を示すカウンターはすでにゼロになっていた。

ついにお別れの時だ。誰が見てもわかるぐらい唯織がしおれている。意気消沈してしまっている唯織に、裕乃《ひろの》が後ろから歩み寄って声をかけた。

「五十嵐《いがらし》さん」

唯織が振り向くと、裕乃は勇気を振り絞って思いを口にした。

「私は、五十嵐さんが好きです」

「え……!?」

裕乃は爽《さわ》やかな笑顔だ。

「今、私だって壁を越えられたんですよ。だから……五十嵐さんだって、絶対に越えられると思います」

技師として一人前になる壁を越えた裕乃は、またさらに一歩勇気を持って踏み出し、唯織との同僚という壁を越えた。裕乃のストレートな告白に、唯織の頭は大混乱だ。

「広瀬《ひろせ》さん……」

「それに……五十嵐さんと甘春先生なら、たとえ離れ離れになったとしても、大丈夫だと思います」

裕乃は正直に心のおもむくまま話を続ける。

「現に、お互い離れた場所にいても助け合って、目の前の患者さんを救ってたじゃないですか」

確かに裕乃の言う通りだったが、唯織はそう言われても杏と離れ離れになって「大丈夫」と思える自信はこれっぽっちもなかった。

「じゃあ、先に行ってますね！」

裕乃は告白を終え、すっきりした顔で晴れやかに去る。自分の想いをよく見つめ、伝えることができた。裕乃は胸を張った。一部始終を見守っていたたまきたちは、裕乃をわいわいと迎えた。

——え？　えっ⁉

唯織は裕乃に言われたことに対して気持ちの整理がつかず、足が止まったままだ。

「先行ってるよ」

たまきは唯織と杏を二人だけにするために、気を利かせて船の方へと仲間たちを連れていった。

桟橋《さんばし》で唯織と杏、意識し合う二人が向かい合った。流れる沈黙がもどかしい。ドクンドクンと、唯織の心臓が大きく脈打った。その音が自分の鼓膜を揺らす。

言わなくては、大事なことを。

唯織はとうとう勇気を出して言った。

「甘春先生、僕はどうしてもお伝えしたいことがあります」

唯織の声は緊張で上ずっている。杏もそんな緊張が伝わってきて、身を硬くした。

「僕は、甘春先生のことが、す、す、す……」

肝心なところで唯織の舌がもつれてしまう。言い終わらないうちに、杏が言葉をかぶせた。

「全ての今ある病気が治ったとしても、この島の人たちの生活はずっと続いていくんですよね」

まったく予想しなかった返答に、唯織は戸惑った。言葉が詰まり、杏が話すのをただ受け身になって聞いた。

「私は……いつからか、あなたの背中ばかりを追いかけていました。あなたのようになりたくて、あなたの歩いた道と同じ道を、ただ歩こうとして」

その言葉は唯織にとって光栄でもあり、落ち込ませるものでもあった。八歳の杏の言った通りに世界一の放射線技師になって、放射線科医の杏を助けることだけ目指し、医師免許まで取って頑張ってきたその道筋が、かえって杏を追い詰めていたなんて。唯織は、返す言葉も見つからなかった。

「でも……この島に来て思ったんです。私が目指したいのは、画像だけでなく、その画像の向こう側……人を見る放射線科医です。そして、目の前にいる患者さんのどんな病気も見つけ出す医者になりたい……」

――私もね、パパと同じホウシャセンカイになるんだ――

幼い杏の忘れがたい言葉が聞こえる。夕暮れの河川敷で風を受けて立つ杏の姿が懐かしく蘇《よみがえ》る。

――イオリはホウシャセンギシになって、私のお手伝いをするんだよ――

強い意志で杏は子供の頃の夢を叶えた。それが唯織には誇らしくて仕方がない。杏を信じて生きてきて本当によかった。報《むく》われた。

――ああ、アンちゃんはやっぱり変わってない。子供の頃からずっと僕が尊敬している、甘春先生だ――

「甘春先生……」

「だから……私は私のやり方で、誰かにとっての世界一の医者を目指したいと思います。そのために……もうしばらく、この島に残ります」

唯織から笑みがこぼれた。なぜ、笑うのか、杏にはわからなかった。唯織は本当に嬉《うれ》しくて嬉しくてしょうがない。

「それでこそ、僕がずっと憧れ続けたアンちゃんです！」

「……五十嵐さん」

杏はすでに思い出していた。放射線科医になろうと希望を膨らませていたあの頃の前向きな心を。そして、応援してくれたイオリという子がどれだけ頼もしかったかを。

目の前の唯織と小さなイオリが、焦点《しょうてん》を合わせるようにゆっくり重なった。

「僕は……待っててもいいですか？」

唯織が、恐る恐る訊《き》いた。

「甘春先生がまた戻ってくるその日まで……。病院をあって当たり前のものにするために、甘春先生の分まで、ラジエーションハウスを、甘春病院を、守り続けたいと思います」

「はい……！」

杏も唯織と同じくらい喜びに満たされて返事をした。

「そろそろ船が出るよー！」

「早くしろー」

たまきや軒下《のきした》が遠くから呼びかけた。煮え切らない二人のために待っているのも限界があった。唯織は名残《なごり》惜しく思いながら、切り出した。

「……お別れです」

ずっと恐れおののいていた『お別れ』だ。それがこんな嬉しい形で訪れるなんて。唯織は幸せを噛《か》み締めた。

杏も、本当は別れたくなかった。だが、唯織との約束を果たすためには、島で経験を積む必要があると信じていた。

「はい……」

「じゃあ……お元気で」

一世一代の告白はできなかったが、これはこれでいい関係だ。唯織は自分にそう言い聞かせた。

嬉しさと、しばし離れる寂しさで頭はパニック状態だ。

では、と離れがたい想いを断ち切るように言うと、唯織が船に向かって歩き出した。杏はその背中をじっと見送っていた。台風の名残りの風が吹き抜ける。その風に揺らされ、杏のそばにあった手押しポンプの水口から一滴の水が垂れ落ちた。

ここまで人に慕われることがあるだろうか。そして、その人はずっとずっと自分を愛し続け、助けてくれていたのだ。

もうたまらない。


「イオリ！」


杏が叫ぶ。

唯織が雷に打たれたように体を震わせた。

大好きな杏の声に振り返った唯織の口に、杏が柔らかい唇を押しつけた。

唯織が反射的に杏の体を抱きしめた。

仲間たちが、青い空と青い海が、二人の始まりを祝福した。

終わり

※この作品はフィクションです。実在の人物・団体・事件などにはいっさい関係ありません。

集英社オレンジ文庫をお買い上げいただき、ありがとうございます。
ご意見・ご感想をお待ちしております。

● あて先
〒101-8050　東京都千代田区一ツ橋2-5-10
集英社オレンジ文庫編集部 気付
久麻當郎先生／横幕智裕先生・モリタイシ先生

劇場版
ラジエーションハウス　ノベライズ

集英社
オレンジ文庫

2022年4月30日　第1刷発行

著　者　久麻當郎
原　作　横幕智裕
作　画　モリタイシ
映画脚本　大北はるか
編集協力　佐藤裕介(STICK-OUT)
発行者　北畠輝幸
発行所　株式会社集英社
〒101-8050東京都千代田区一ツ橋2-5-10
電話【編集部】03-3230-6352
【読者係】03-3230-6080
【販売部】03-3230-6393（書店専用）
印刷所　株式会社美松堂／中央精版印刷株式会社

Printed in Japan
ISBN 978-4-08-680445-5 C0193